독고 2

독고 2

1

민 글

백승훈 그림

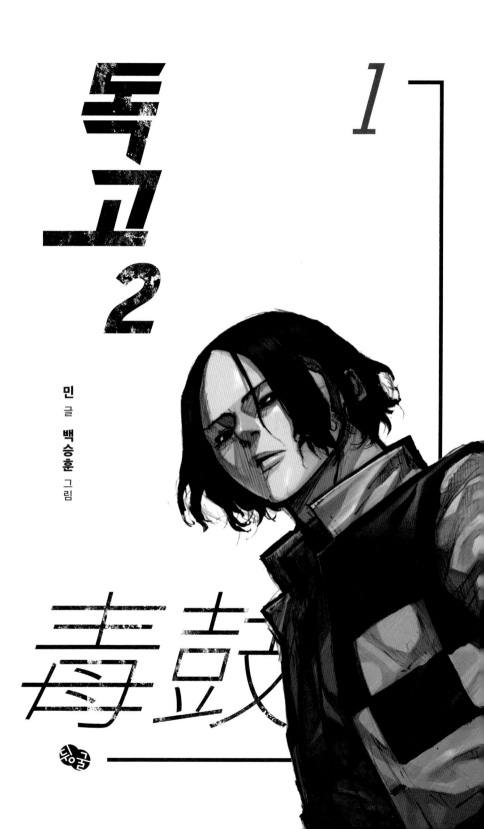

등장인물

강혁 (20세)

아픈 어머니의 병원비를 감당해야 하는 만학도. 한 때는 거리의 불량아로 살았지만 지금은 마음을 다 잡고 어머니의 뜻에 따라 살려고 노력하고 있다. 어머니의 뜻에 따라 만학도를 위한 특수학교 현덕고에 진학한다.

이태성 (30세)

2년 전 막일하는 강혁의 아버지 강동철을 차로 들이받고 뺑소니를 쳤던 것이 들켜 변호사 시험을 보지 못했다. 그런 이유로 자신의 인생이 불행해진 것을 강혁의 가족에게서 이유를 찾고 있는 인물. 현덕고 상근이사로 취임해 강혁을 상대로 자신의 방식대로 복수를 시작한다.

백푸른 (20세)

고아원에서 자라다 입양되었으나 파양된 인물로 한 해 전 유승호와 싸우다 유승호가 죽는 사건이 발생하고 퇴학. 이듬해 현덕고에 입학한다. 타고난 맷집과 싸움 실력은 타의 추종을 불허하지만 단순하고 어리석은 면이 있다. 결국 이태성이 놓은 장기말처럼 본인의 의지와 다른 삶을 살게 된다. 고아원에서 알게 된 동생 도연희를 끔찍이 아낀다.

표태진 (20세)

3년 전 폭력 사건을 일으켜 씨름부에서 제명당한 후 거리에서 살다가 이제 정신 차리고 살아보려고 노력하는 중이다. 하지만 삶의 무게가 만만치 않다.

김종일 (20세)

함께 어울리던 혁과 태진이 여전히 전전긍긍하며 사는 것에 비하면 대학에 간 종일은 잘 풀린 인생이다. 대학 생활을 즐기며 여자친구를 사귀면서 평범한 일상을 누리고 있지만 친구들과는 점점 멀어지는 것 같은 기분을 느낀다.

박한솔 (20세)

혁의 쌍둥이 형 후와 사귀었으나 지금은 세상에 없는 후에 대한 그리움을 혁의 얼굴을 보는 것으로 달래는 중이다.

양진열 (30세)

재벌 3세로 현덕고 이사장. 하지만 현덕고에 별 관심은 없다. 여자들과 마약 파티를 하는 등 일탈에 소일거리가 맞춰져 있다.

양강웅 (79세)

맨주먹으로 재벌이 된 입지전적 인물. 아직 정정하다. 손자인 양진열에게 현덕고를 맡긴다.

박광민

경찰. 학교 폭력을 자신의 관할에서 없애려 하고 있는데 증거 모으기가 쉽지 않자 아예 혁에게 부탁한다.

도연희 (15세)

늘 휠체어를 타고 다니는 소녀. 어렸을 때 교통사고로 두 다리를 잃어 의족을 휠체어에 달고 치마로 덮었다. 자신의 처지를 비관하지 않고 밝게 살고 있다.

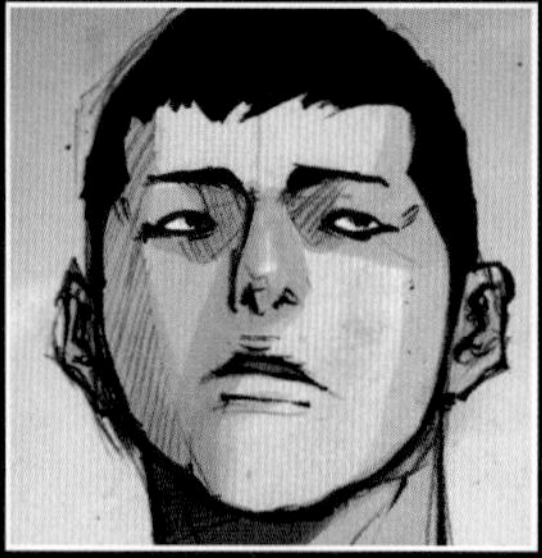

박형국 (22세)

당영고를 졸업하고 전문대에 재학 중이다. 학창 시절 일진으로 살았던 것에 부끄러움을 느껴 2학년으로 복학했던 2년 전부터 늘 봉사활동을 하고 살았다. 2년 전 혁이와는 당시 당영고 짱 김성규의 계획에 의해 싸웠던 적이 있으나 감정은 없다.

이진숙

혁의 어머니. 후를 잃은 후 정신착란 증세를 보이더니 혁이 후의 삶을 살기를 희망한다. 위암으로 죽어가고 있다.

여철희 (18세)

대티고 2학년. 1년 전 슈퍼베이비란 화려한 별명을 달고 등장했다. 188cm의 큰 키에 87kg의 탄탄한 피지컬이며 체격에 비해 빠르고 강력하다.

서보성 (19세)

전학생. 전에 다니던 학교에서 사고를 치고 강제 전학당한 학생이다. 타고난 양아치이며 서북고연의 회장으로 추대된다.

박일한 (19세)

당영고 짱. 서북고연 멤버.

유승호

한창공고 짱. 백푸른과의 대결에서 사망한다.

고슬기 (19세)

현덕고 신입생. 나름 의리파. 혁을 좋아한다.

최유라 (18세)

현덕고 신입생. 슬기와는 잘 아는 사이다. 현덕고 이사인 이태성을 좋아하고 있다.

김종석 (19세)

유림정보고 3학년. 서북고연의 브레인 역할을 하고 있다. 자기 필요에 따라 주변 인물의 희생을 아무렇지도 않게 생각한다.

신윤정 (19세)

유림정보고 여자 짱.

이세운 (20세)

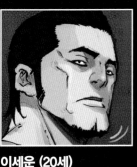

태산고 친위대 1위였으나 강혁과는 별 감정 없었던 인물. 현덕고 신입생.
혁과는 오히려 친해지고 싶어 한다.

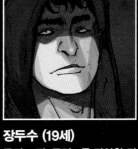

장두수 (19세)

동진고 짱. 동진고를 장악한 건 아니다.

강희성 (19세)

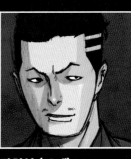

기천고 짱. 서북고연에서 가장 잘 치는 인물로 통한다.

박석호 (19세)

이민협 (19세)

박철순 (19세)

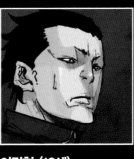

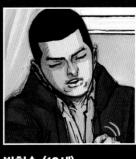

정상대 (19세)
기천고 서열 3위. 혁이의 실력에 놀라 혁이 편에 선다.

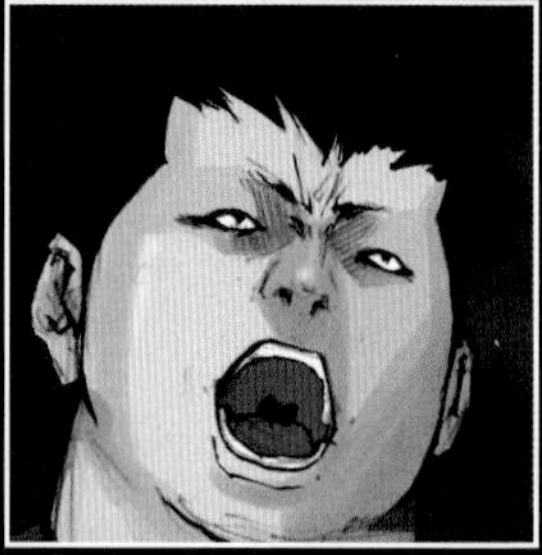

한지훈 (19세)
한창공고 부짱.

반민찬 (24세)
현덕고 신입생 동생 월현과 함께 싸우면 거의 무적. 동생과 함께 서북고연에 포섭된다.

반월현 (22세)
현덕고 신입생, 형 민찬과 온갖 양아치 짓을 하고 다녔다.

최성용 (19세)
거리에서 서북고연 이름을 팔며 삥 뜯던 양아치. 혁을 알게 된 후 혁의 편이 된다.

홍진원 (36세)
사채업자. 미성년자인 백푸른을 사채로 묶어놓았다가 이태성을 만난 후 이태성의 온갖 심부름을 다 한다.

유시현 (18세)
기천고 2학년 짱.

배한규 (17세)
기천고 1학년 짱.

김다빈
현덕고 신입생. 흉기를 들고 다니며 잔인한 성격이다. 서북고연의 용병이 된다.

강범구

현덕고 신입생. 서북고연 편에 선다.

기준호

현덕고 신입생. 복싱을 했던 양아치.

박동준 (24세)

현덕고 신입생 반민찬 형제에 의해 움직여 강혁의 반대편에 서는 인물. 오직 돈만 쫓는다.

윤남욱 (18세)

검정고시 학원을 다니며 가끔 용병으로 싸움에 참여하는 성격. 학원에선 늘 한 명에게만 돈을 빌린다.

의사

광민의 친구. 광민의 부탁으로 혁의 어머니를 돌보지만 치료를 거부하는 혁이 어머니 때문에 걱정한다.

구본환 (20세)

혁의 친구.

최재욱 (20세)

혁의 친구.

박선영 (21세)

현덕고 여자 일진. 반민찬의 사주로 고슬기를 습격한다.

이진화

박선영과 함께 고슬기를 린치할 때 등장.

주서희 (20세)
종일과 캠퍼스 커플. 종일의 친구들을 싫어한다.

신진우
보육원 원장. 연희를 보살피고 있다.

특별출연

김인범

명진환

심상윤

이세진

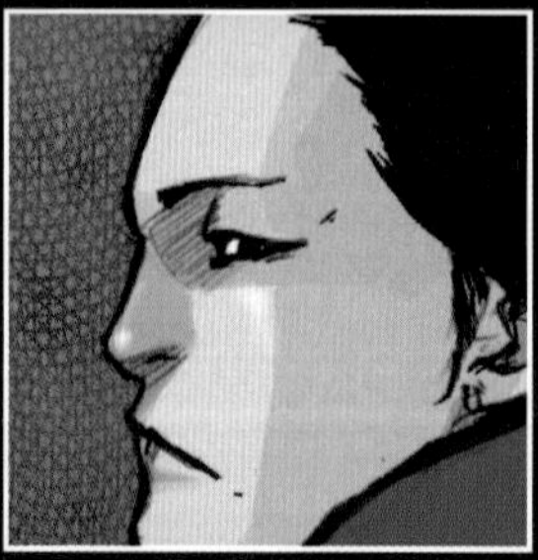

이정우

채수연

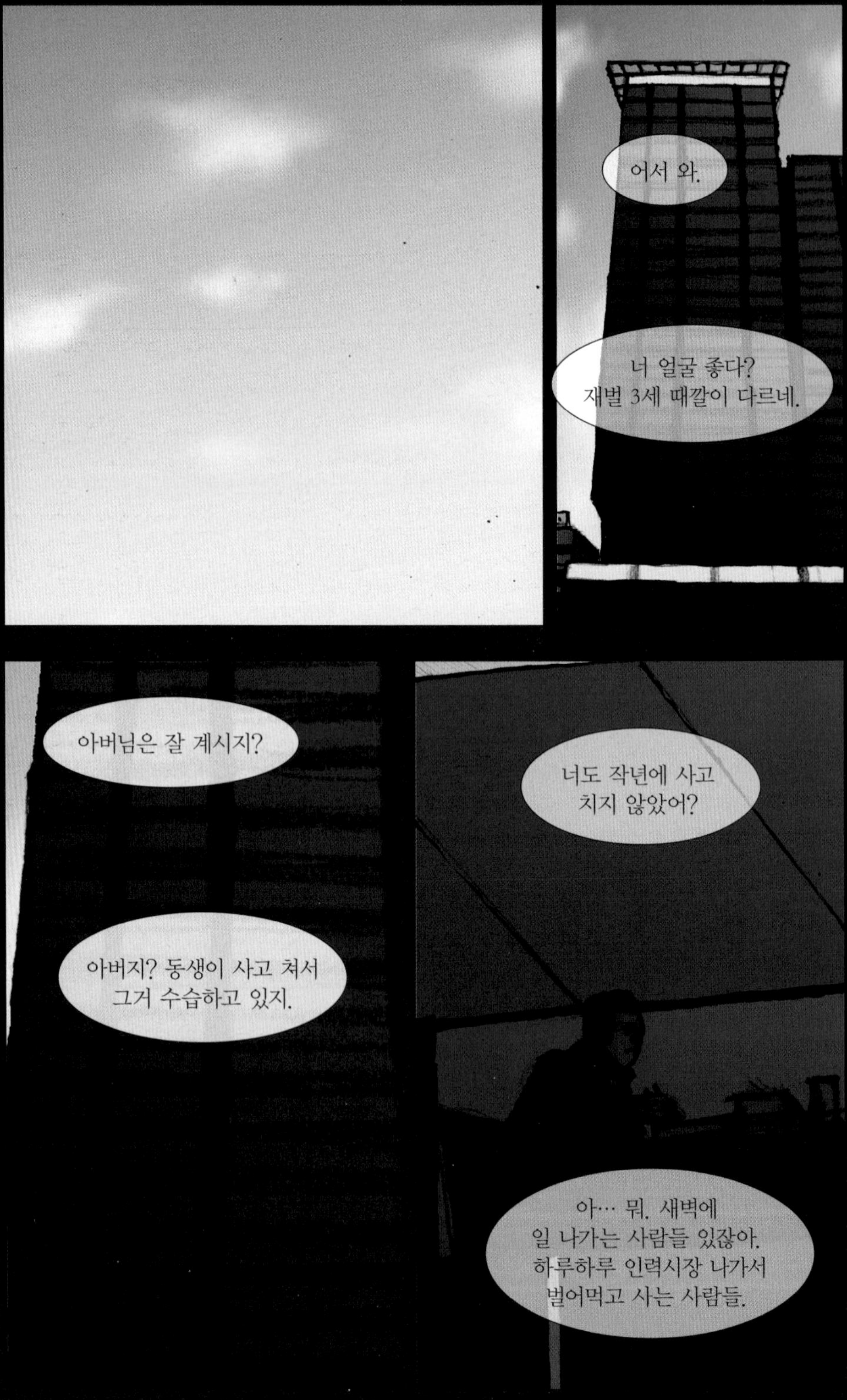
어서 와.
너 얼굴 좋다? 재벌 3세 때깔이 다르네.
아버님은 잘 계시지?
아버지? 동생이 사고 쳐서 그거 수습하고 있지.
너도 작년에 사고 치지 않았어?
아… 뭐. 새벽에 일 나가는 사람들 있잖아. 하루하루 인력시장 나가서 벌어먹고 사는 사람들.

응.
그 사람이 애가 죽었대나? 그래서 신호 안 보고 막 도로 건넌 거야. 그래서 뭐 치어버린 거거든.
물론 내가 과속하긴 했는데 이럴 때 피해자 과실도 있어서 잘못으로 치면 그쪽도 크거든.
하긴. 아버지가 변호사인데. 쉽게 나온 편 아니야?
이걸 운이 좋다고 해야 되나? 그 집 자식과 애비가 한날에 죽어버렸으니 그 집도 정신이 있겠냐? 몇천만 원 합의금으로 쥐여줬더니 합의해주던데?

하긴 그런 사람들은 몇천만 원도 크지. 싸게 막았네. 그래도.
그치 뭐. 똥 밟은 셈 쳐야지.
아직 자숙 중이지?
아버지가 최소 1년은 자숙하는 척이라도 하라고 하셔서. 백수로 지내고 있어.
뭐 이렇게 사는 것도 괜찮네. 근데 왜?

너 학교 좋아해?
학교?
꼰대가 학교 설립했거든. 내년부터 신입생 받을 건데 이게 좀…
왜?
배움의 기회를 놓친 사람들이라고 쓰고 인생 낙오자들이라고 읽는 그런 부류들 있잖아.
그런 인간들을 위한 학교야. 그러니까 나이 성별 상관없이 아무나 다 받아들여.
너네 할아버지도 참 착한 사람이야.
기업 총수지만 정작 당신은 가방끈이 짧아서 콤플렉스 있는 건 알고 있는데, 그걸 굳이 이런 걸로 풀어야 되냔 말이지.

나보고 학교 가라는 거야? 뭘로? 교장?
아니, 이사로.
이사?
꼰대가 나보고 이사장 하라는데 싫다 싫다 하다가 결국 떠밀려서 하게 됐거든. 대신에 내가 추천하는 사람 이사로 끌어들이겠다고 했지.
흠… 이거 아무래도 넌 놀고 나보고 궂은일 다 하라는 것 같은데?
하하하. 눈치챘어? 내가 학교 돌아가는 거나 보고 있어야겠냐? 놀 데가 사방에 깔려 있는데.
너도 어차피 자숙 중이니까 내년 딱 1년만 부탁하자. 더 이상 해주면 고맙고.
하긴. 백수로 지내는 것보다야 뭐.

할 거지?
좋다. 연봉은?
2억?
적잖아.
3억.
넌 연봉
얼만데?
연봉은 얼마 안 돼.
한 20억 되나? 주식배당으로
50억 정도 나오고.
어쨌든 근데
나한테 3억이야?

아… 자식.
역시 만만치 않다니까.
불러봐, 그럼.

5억 정도?

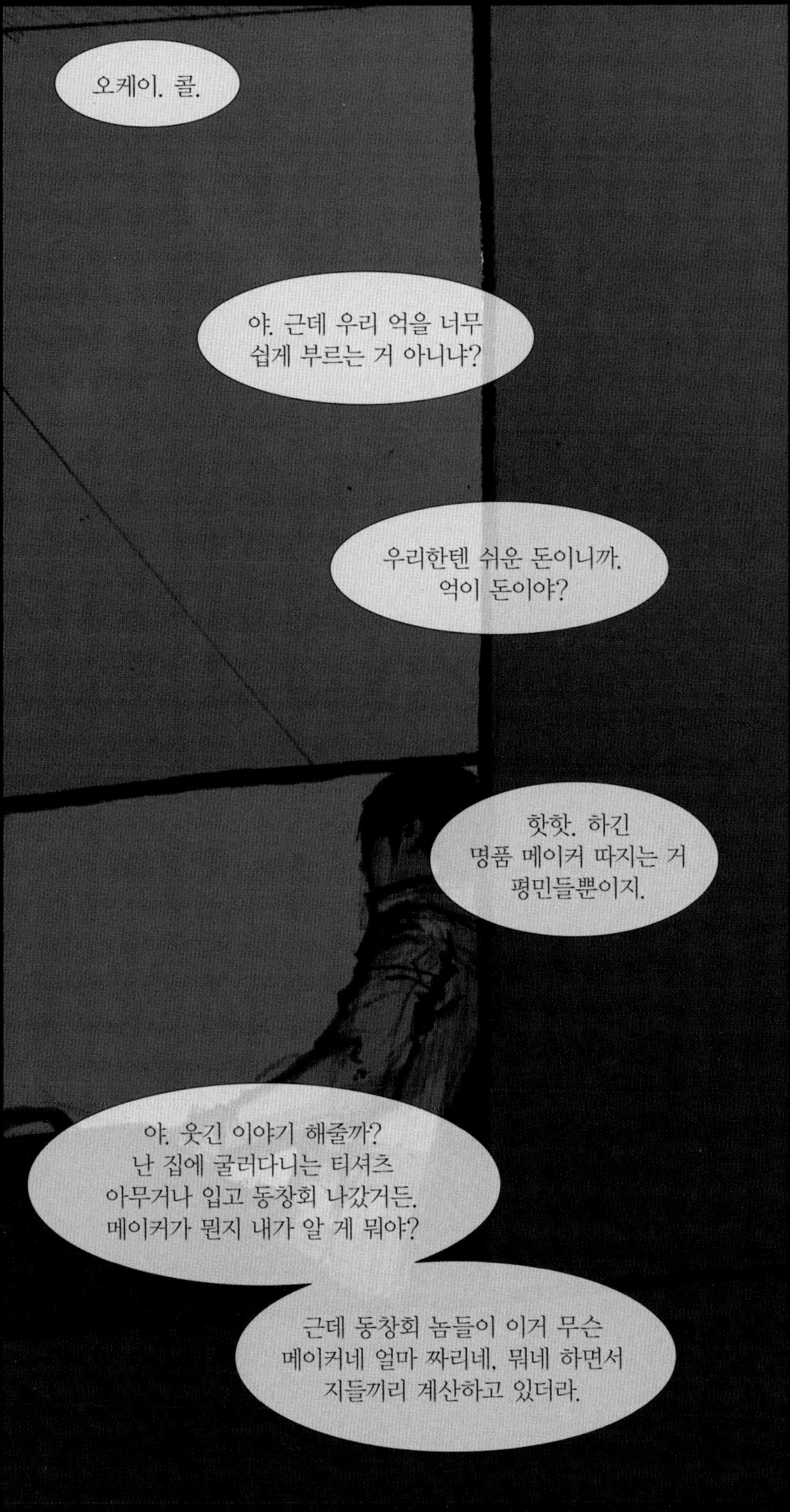
오케이. 콜.
야. 근데 우리 억을 너무 쉽게 부르는 거 아니냐?
우리한텐 쉬운 돈이니까. 억이 돈이야?
핫핫. 하긴 명품 메이커 따지는 거 평민들뿐이지.
야. 웃긴 이야기 해줄까? 난 집에 굴러다니는 티셔츠 아무거나 입고 동창회 나갔거든. 메이커가 뭔지 내가 알 게 뭐야?
근데 동창회 놈들이 이거 무슨 메이커네 얼마 짜리네, 뭐네 하면서 지들끼리 계산하고 있더라.

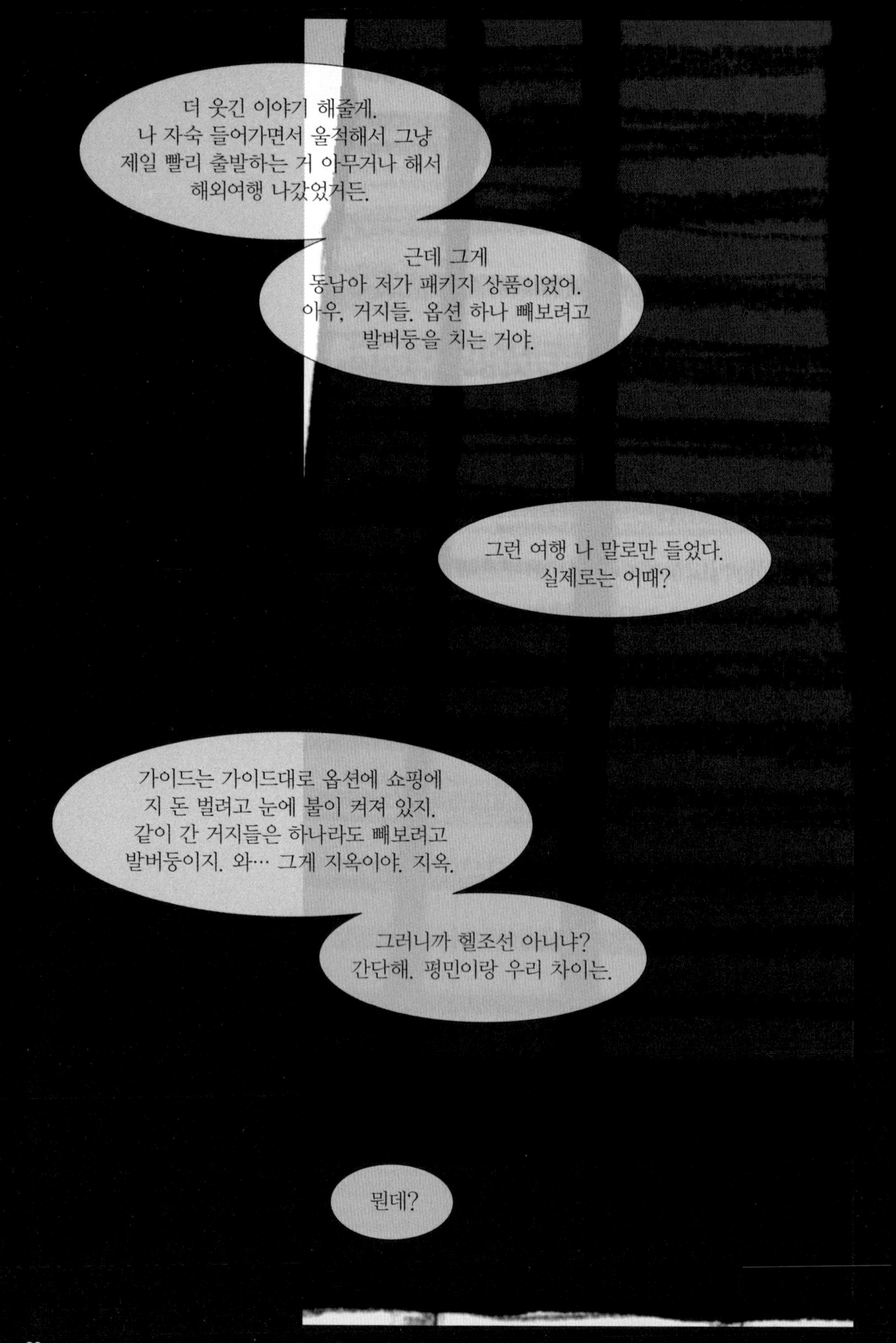
더 웃긴 이야기 해줄게.
나 자숙 들어가면서 울적해서 그냥
제일 빨리 출발하는 거 아무거나 해서
해외여행 나갔었거든.
근데 그게
동남아 저가 패키지 상품이었어.
아우, 거지들. 옵션 하나 빼보려고
발버둥을 치는 거야.
그런 여행 나 말로만 들었다.
실제로는 어때?
가이드는 가이드대로 옵션에 쇼핑에
지 돈 벌려고 눈에 불이 켜져 있지.
같이 간 거지들은 하나라도 빼보려고
발버둥이지. 와… 그게 지옥이야. 지옥.
그러니까 헬조선 아니냐?
간단해. 평민이랑 우리 차이는.
뭔데?

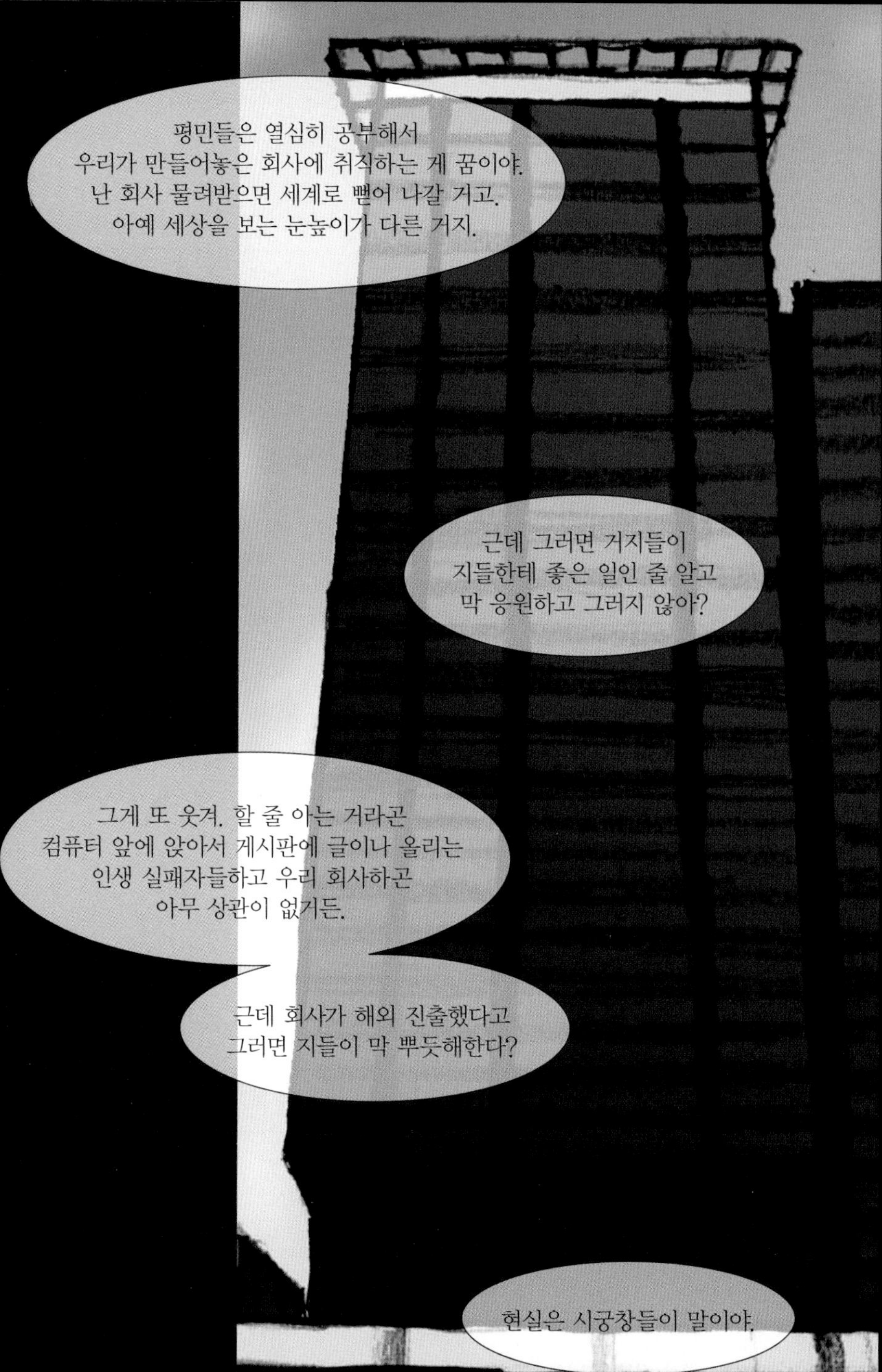
평민들은 열심히 공부해서 우리가 만들어놓은 회사에 취직하는 게 꿈이야. 난 회사 물려받으면 세계로 뻗어 나갈 거고. 아예 세상을 보는 눈높이가 다른 거지.
근데 그러면 거지들이 지들한테 좋은 일인 줄 알고 막 응원하고 그러지 않아?
그게 또 웃겨. 할 줄 아는 거라곤 컴퓨터 앞에 앉아서 게시판에 글이나 올리는 인생 실패자들하고 우리 회사하곤 아무 상관이 없거든.
근데 회사가 해외 진출했다고 그러면 지들이 막 뿌듯해한다?
현실은 시궁창들이 말이야.

기도 안 차지. 근데 그런 인간들을 위해 학교를 만든다니 원.
2개월 후

다녀왔습니다.
응, 혁아. 저쪽에 배달할 거 있어.
엄청 자주 시키네.
너 좋아하는 거 아냐? 꼭 네가 배달해줘야 된다던데?
그런 거 아니에요.

피자 배달 왔습니다.
거기 놓고 가.

먹지도 않는 것 같은데
왜 자꾸 시켜?
후 얼굴 보려고. 걱정 마.
내가 좋아하는 건 후니까.

위험하게 난간 위에 걸터앉지 마.
잔소리할래? 후처럼 굴지 마.
그래, 뭐. 여기 거스름돈.
띠리리리

여보세요.
예. 무슨 일로?
혁이냐?
나 박광민 형사.
알지?
어머니 찾았다.

저 자식.
내 목소리 안 들리나?
왔냐? 이쪽으로 와.
엄마, 엄마…

엄마, 어딨어요?
엄마.
후야!
후야! 후야!
아이고 내 새끼.
어… 엄마.
나… 혁이잖아요.

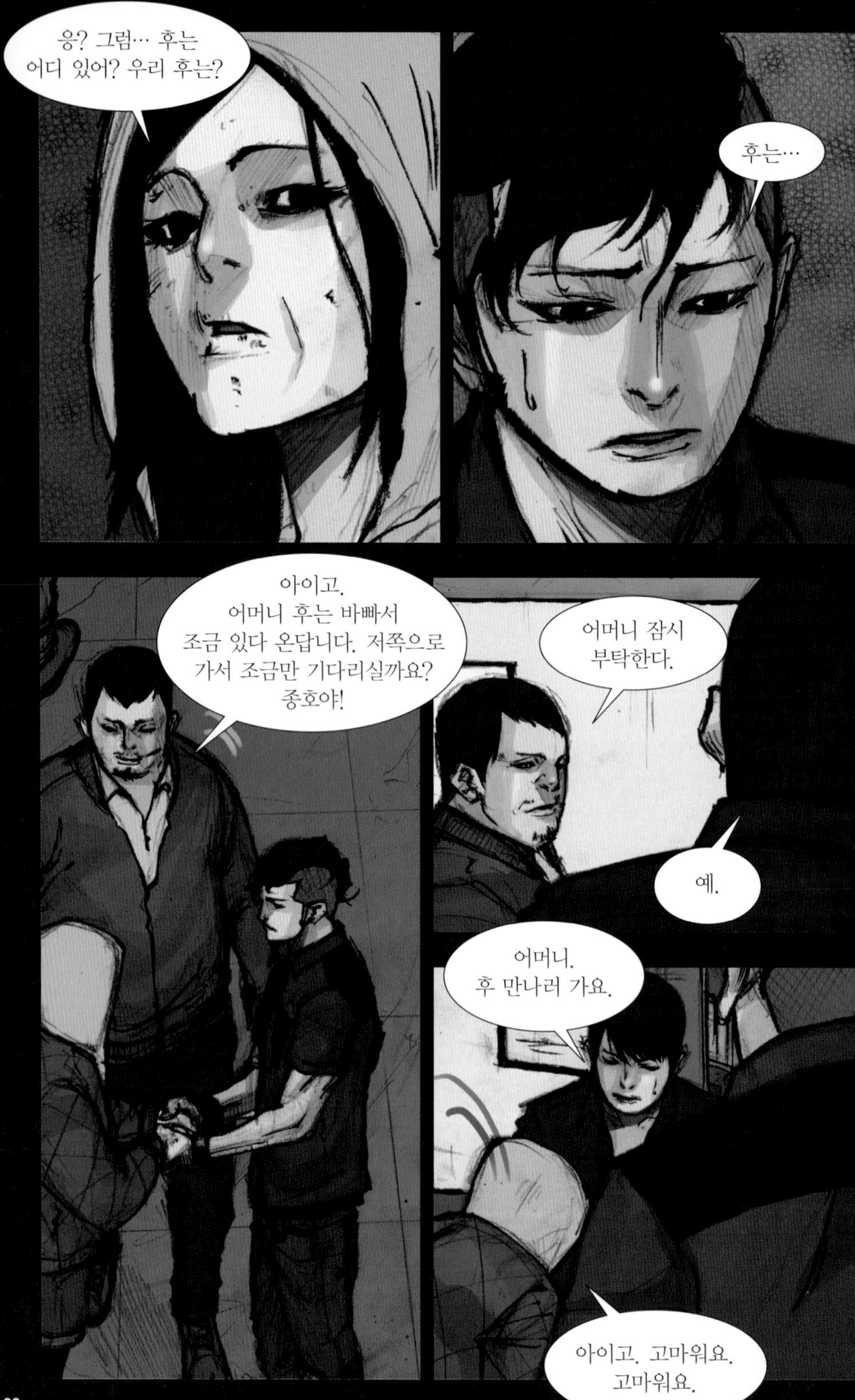

응? 그럼… 후는 어디 있어? 우리 후는?
후는…
아이고. 어머니 후는 바빠서 조금 있다 온답니다. 저쪽으로 가서 조금만 기다리실까요? 종호야!
어머니 잠시 부탁한다.
예.
어머니. 후 만나러 가요.
아이고. 고마워요. 고마워요.

이야기 좀 하자.

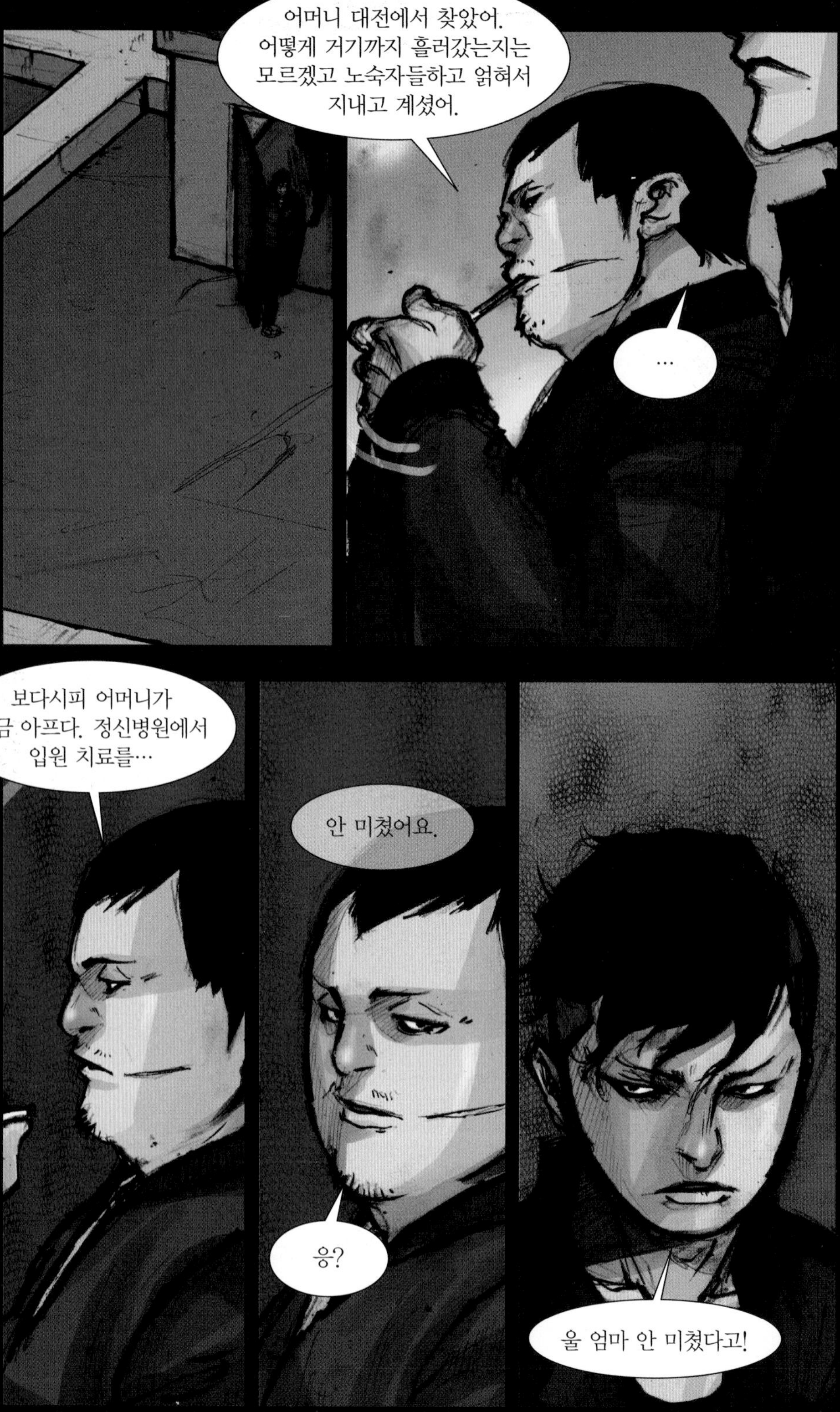
어머니 대전에서 찾았어. 어떻게 거기까지 흘러갔는지는 모르겠고 노숙자들하고 얽혀서 지내고 계셨어.
…
보다시피 어머니가 조금 아프다. 정신병원에서 입원 치료를…
안 미쳤어요.
응?
울 엄마 안 미쳤다고!

자식. 누가
미쳤다고 했어?
어머니 모시고
집에 가겠습니다.
어머니 몸에
종양이 자라고 있어.
예?
원래 있었겠지.
그런데 스트레스를
심하게 받으면 급격하게
악화될 수도 있다더라.
그러니까
어머니한테 잘해드려.
종양이면…

네가 생각하는 그거 맞아. 내가 어머니 모시고 병원 갔다 왔는데 4기란다. 다른 데로 전이되었고 항암 들어가야 한다더라.
병원에선 6개월에서 1년 보더라고. 더 빠를 수도 있고.
하…
말도 안 돼.
병원비 없지? 내가 도와주고 싶은데 나도 박봉이라… 일단 내가 잘 아는 병원 원장님한테 이야기 해놨어. 좀 깎아줄 거야.
힘내라. 쾌차하실 거야. 그런 뻔한 소리는 안 할게. 넌 그래도 어머니 상태 아니까 언젠가 임종을 지킬 수는 있잖아. 난 아버지 돌아가시는 거 못 봤어.
그게 위로가 되는 말이라고 생각합니까?

어머니한테 잘해드려. 병원에 입원할 거면 나한테 연락하고.
툭
호스피스 병동에 넣으란 겁니까?

우수고객

뭐냐
피클
우리매장
VIP서비스얌

빡
빡
빡
미친놈.
빡
무슨 사학 재단 이사가
연봉을 5억이나 받아!
철딱서니 없는 놈 같으니!

죄송합니다.
다시 낮추겠습니다.
네 주식을 팔아서
5억 채우든지!
이 양강웅이
그동안 사업하면서 입 밖으로
낸 말 어긴 적 없어! 네 녀석도
네가 한 말 책임져.
예. 아…
알겠습니다.
두두두
끼이익

여어!
어디 갔다 오냐?
학원 갈 시간 지났잖아.
너희.
고입 검정고시
합격했다고 벌써 게으름이야?
이제 대입 봐야지.

가라.
뭐야? 어머니셔?
찾았어?
가라고!
야. 부끄럽냐?
네 엄마가 부끄러워?
그런 거 아냐.
그냥…
어머니.
저 혁이 친구
종일입니다.
저게 근데.
부끄러운 거 맞구만.
제가 모시겠습니다.
어머니!

어머니. 제가
잡아드릴게요.
친구 어머니는
내 어머니라고 배웠다.
내가 잘못 배운 거 아니지?

후야… 얘네들 누구니?
얘들 좀 가라고 해.
너 혁이처럼
이상한 애들이랑 어울리면 안 돼.
후야. 얘들 가라고 해. 얼른.

2-5
드륵
마! 왜 안 와?
뭘 또 친히 왕래를 해주시고.

가자.
이번엔 어느 학교인데?
대티고.
대티고? 이번엔 누군데?
1학년에 여철희라고 있어. 슈퍼베이비.
에? 3학년은 이제 안 나선다고 쳐도 2학년은?
여철희가 제일 잘 쳐.
아아… 이거야 원. 복학하고 맨날 싸움질이네.
너도 좋아하는 거 아냐?

거야 그렇지. 눕혀놓고
내 밑에 깔린 놈 내려다보는 기분 죽이거든.
근데 내 상대가 없다는 게 안타까운 거지.
전부 너무 쉬우니까.
허세하곤. 사실이니까
할 말은 없다만.
이정우가 있었어야 하는데 말야.
그냥 한 명이라도 나한테 좀
버티는 놈이 나왔으면 좋겠어.

어머니 어떡하냐?
그러게. 우리 혁이 친구라고 내쫓았잖아.
우리 후 친구라고 할까?
…
왜?
믿을 수 없는 비주얼로 참말을 해도 안 믿거든?
이 씨…
어쨌든 고맙다. 근데 학원 안 가도 되냐?
나야 수능은 내년에 볼 건데 뭘. 근데 너 어머니가 후만 찾아서 어떡해?
모르겠다. 후 교복이라도 입어야 하는 건지.

그렇게라도 해.
어머니가 아프신데 어째?
방법이 없잖아.
그래. 넌 쫓겨나.
쫓겨나진 않거든?
그래도 자식인데.
맥주

야. 근데 우리 은퇴하고
났더니 왜 이렇게 사는 게
구질구질하냐?
고추참치에
새우왕이면 됐지.
우리 나중에
돈 잘 벌겠지?
이 시키가 우울한
소리를 하고 있어?

여어. 드센 년.
너 왜 오늘
피자 배달 안 해?
낮에 했잖아.
그러네.
나도 한잔 줘.

드센 년. 넌 학교 안 다니냐? 졸업해야지.
출석 일수만 채우면 돼.
대학은?
지잡대 가겠지. 인 서울 할 실력은 아니고.
뭐…
대학이 인생의 전부도 아니고.
…그렇게 보지 말아줄래?

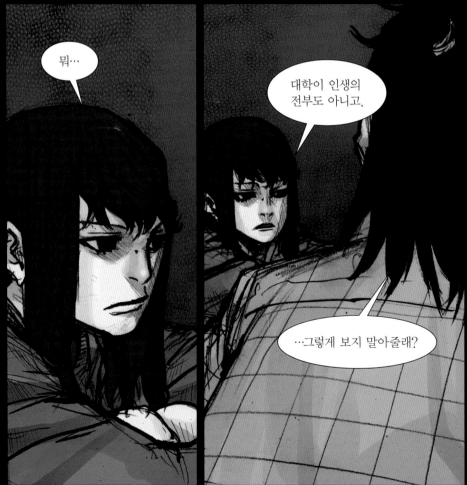

하긴… 좀 암울하긴 하다. 10대 때나 걱정이 없는 거지. 이제 돈 벌고 살아야 하는데.
아 놔. 우울한 놈들. 좋은 이야기 하자. 좋은 이야기. 앙?

연경공원

네가 여철희냐?
그런데?

내년에 서북고연
회장 될 몸이다.
잘 봐둬라.
지금 회장은 누군데?
저기.
유림 이영수가
현재 회장이라고?
대체 누가 그걸 인정한대?
별 거지 같은…
탁

다음 주먹은 진짜로 들어간다?
이걸 그냥!
부웅
빡

쯔웃
그렇지!
부웅

카앙

아, 응애예요

베이비는
쪽쪽이나
물라구!
응애?!
훅

절대 밖에 나가면
안 돼요. 알았죠?
응. 그래.
학교 다녀 올게요.
그래.
후야.
네.

이게 뭔 짓이냐?

어쩐 일이세요?
피자 먹으러 왔지. 뭐 어쩐 일이야?
MENU
피자 좋아하지도 않으면서.
시끄럽고 병원 원장님하고 이야기 다 했다. 어머니 모시고 가볼래? 넌 한 달에 30만 원만 책임지면 돼.
...

근데 너 왜 아직
강후 코스프레 하고 다녀?
예?
어머니 너 안 찾지?
예?

후만 찾지?
그래서 너 집에서는
후처럼 구는 거지?
뭘 안다고!

야. 한 대 치겠다?
하실 말 끝났으면 가세요.
배달 나가야 돼요.
어머니 모시고 병원 꼭 가라.
입원하고 나면 나한테 이야기하고.
원장님한테 연락드려야 하니까.
그리고 요즘 이 일대에서
애들끼리 짱 뜨는 것 같더라.
넌 안 싸울 거지?
내가 왜 싸웁니까?
사람을 뭐로 보고 진짜.
괜히 얽힐까 봐 그러지.
대신 애들 싸우는 거 보면
나한테 신고해.

혁아! 여기!
배달 갈게요.
타서 다시 만들었는데
늦었다고 난리야.
빨리 갔다 올 수 있지?
네.
지금이 몇 시야?
이 새끼야!
배달 시킨 지
30분 안에 따끈따끈한 피자가
배달된다고 적혀 있지?
앙?
30분 배달은 폐단이
많아서 폐지되었는데요.

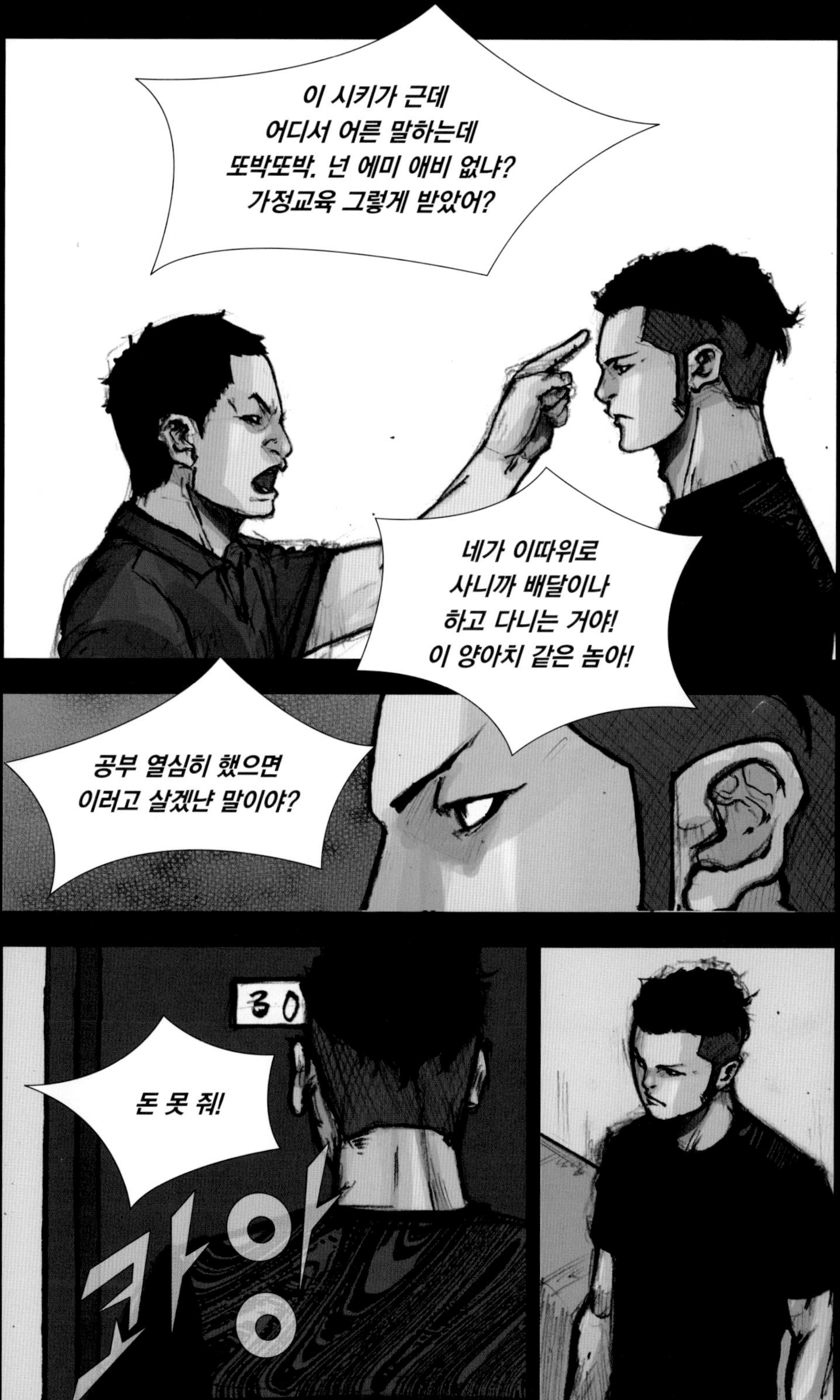
이 시키가 근데
어디서 어른 말하는데
또박또박. 넌 에미 애비 없냐?
가정교육 그렇게 받았어?
네가 이따위로
사니까 배달이나
하고 다니는 거야!
이 양아치 같은 놈아!
공부 열심히 했으면
이러고 살겠냔 말이야?
30
돈 못 줘!
콰앙

딩동
띠리리리
예.
네가 무슨 잘못이겠어? 내가 한 번 태운 게 잘못이지.
알았어요.
혁아. 그냥 와. 그 집 전화 와서 돈 못 준다고 난리다.
가는 길에 잠깐 집에 들렀다 갈게요. 걱정이 돼서.

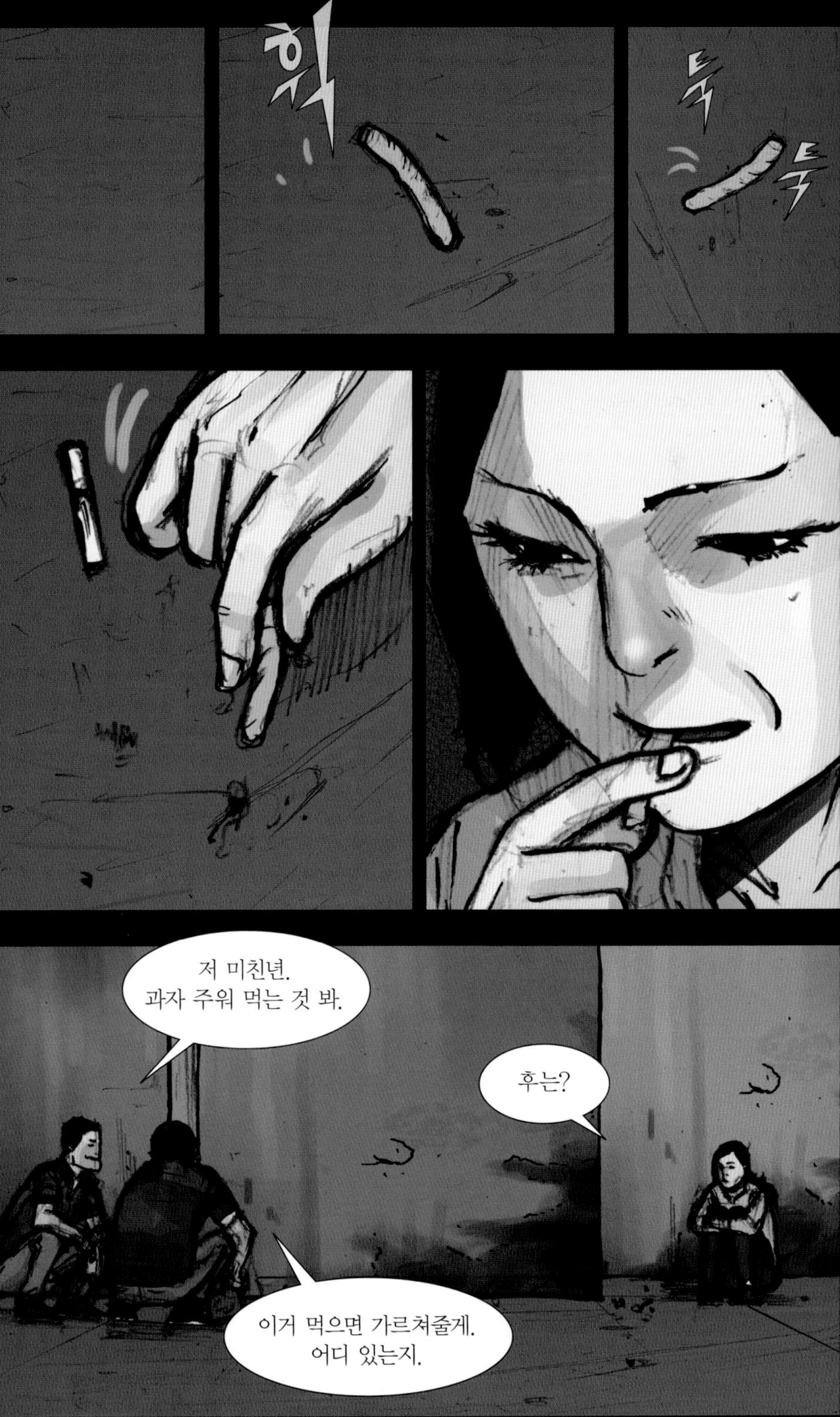
휙
툭
툭
저 미친년.
과자 주워 먹는 것 봐.
후는?
이거 먹으면 가르쳐줄게.
어디 있는지.

키키킥. 미치겠다.
야, 근데 후가 누구냐?
몰라.
콰직

콰앙
이 개자식들이!

혁아!
집에 돌아 온 후
처음으로…
그만해. 혁아.
엄마가 나를 알아보았다.

혁아.
예.
내가 미안하다.
후는 세상에 없는데
자꾸 후만 찾아서.
...
이제 후인 척 안 해도 돼.
엄마 멀쩡해.
...

혁아.
네?
너도 공부를 해야 하지 않겠니?
네.
엄마랑 약속해줄래? 이제 주먹 같은 건 쓰지 않겠다고.
약속할게요.
또… 후가 못다 한 공부 네가 해주면 안 될까?
검정고시 공부하고 있어요.
아니. 후가 못다 한 공부 네가 해줘. 교복 입고, 응? 너도 공부 잘했잖아.
후보다는 못해도 너도 반에서 3등 안엔 들었잖아.
저 내년에 스무살인데요? 교복 입고 학교를 다니라고요?
스무… 살?

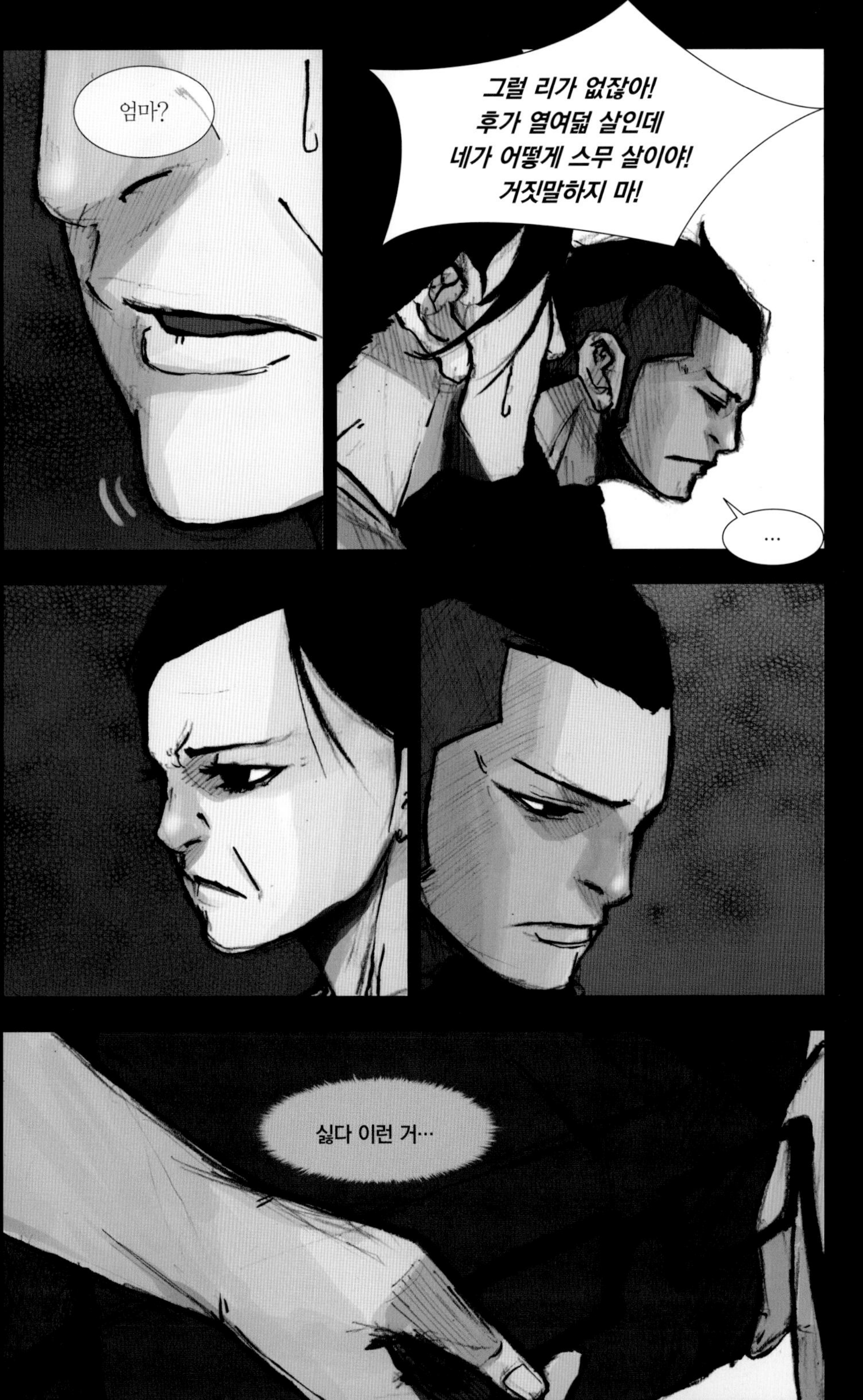
엄마?
그럴 리가 없잖아!
후가 열여덟 살인데
네가 어떻게 스무 살이야!
거짓말하지 마!
…
싫다 이런 거…

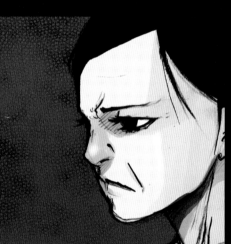

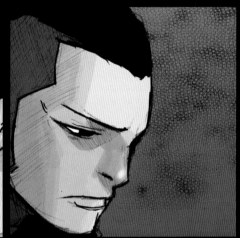

그래? 그럼 이영수가 회장이야?
MASIDDA CHIC
아니야. 우리가 이영수를 회장으로 인정 안 하지.
너를 아는 이상 딴 놈 밑으로는 못 들어가지.
후라이드 나왔어요.
아 참, 정우야.
왜?
시간 되면 나랑 어디 갈래?
서비스.
다 먹었는데?

싸줘?
됐어. 얼마야?
어서 오…
나야, 나.
방금 인범이 나갔는데.
그래? 못 봤는데?

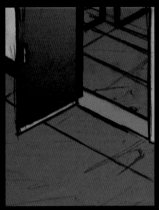

넌 인범이 본 적 없지? 서북고연인가 이상한 거 창립 멤버라던데?
관심 없어.
하긴.
반반.
오케이.
뭘 그런 걸로 고민하고 그러냐? 어머니 원이라는데 눈 딱 감고 들어가.
내년에 나보고 고등학생이 되라고?
어머니가 그걸 보고 싶다잖아. 너 부모님 가슴에 못 박으면 나중에 후회해.
못은 무슨…

난 내년에 대학 들어가는 게 목표인데 넌 고등학생?
...
그래도 어째? 엄마가 원하는데?
이것들이 남의 일이라고. 넌 나 같은 처지면 고등학교 갈 거야?
응.
어머니 병원에 모셔야 해. 매달 병원비 30만 원은 내가 책임져야 하고.
그럼 잘됐잖아?

어머니랑 딜을 해. 네가 학교 가는 대신 병원에 가시라고.
천잰데?
후우… 결국 고등학교 가란 소리구나.
너무 실망하지 마. 이번에 학교 하나 새로 생기던데? 선배 없어.
무슨 학교?
네가 한창 에이스냐? 유승호?

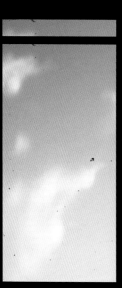

크크크. 주제에 객기는.
나보다 한 살 어린 게.
그래도 내 이름은 알아먹네?
난 네 녀석 이름 따위 들어본
적도 없는데.
꿇은 게 자랑이야?
하! 한 번 참아준다.
서북고연 유림이
먹었다는 거만 인정해.
지랄.
꼭 기회를 주면
때려달라고 그러더라?

이렇게!
부웅
빡
턱

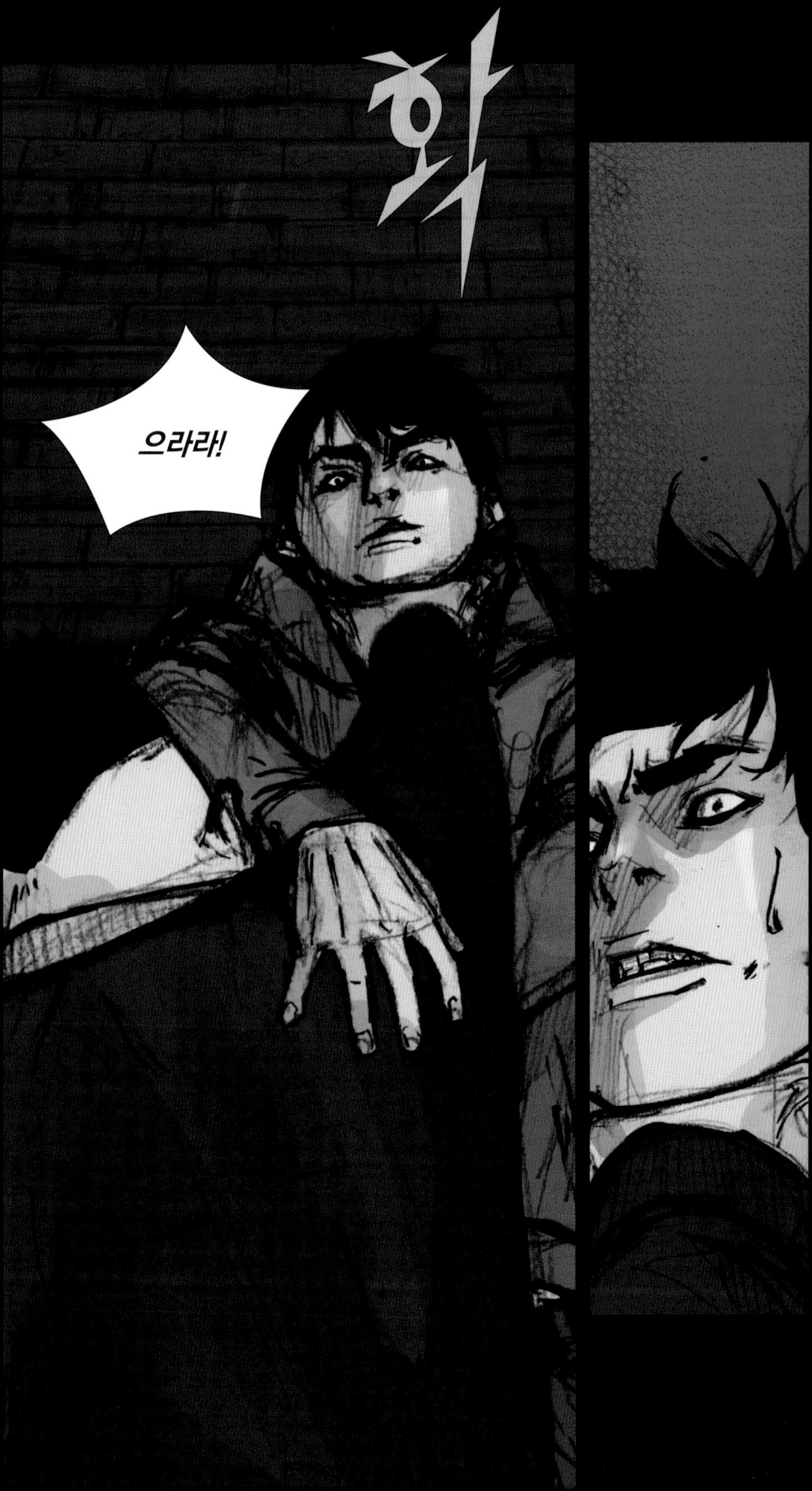
확
으라라!

카앙

뭐 이런 병신 같은.
이따위 실력으로 나댔냐?
사고 쳐서 잘린 애들이나
배움의 기회를 놓친 만학도를
위한 학교.
그래?
끄아아아…
아악…
이 새끼 이상한데?
뇌진탕 왔나 봐.

그럼 사고 치고 잘린 녀석들 많이 오겠네?

응. 사실 대부분 그런 양아치들일 거야.

승호야!
승호야!
이 새끼 어딨어!
안 돼요! 학생! 학생!
승호 이렇게 만든 새끼 어디 있냐고!

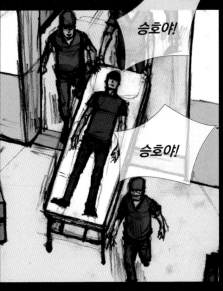

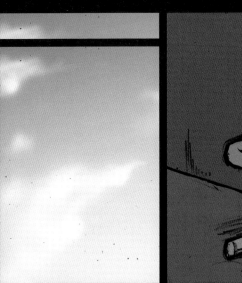

뭐야?
행운인 줄 알아.
뭐?

날 여기서 만난 게.
뭐? 개새야!
이 친구 변호사 없죠?
예?
아버지 로펌에 무료 변론
맡기고 싶은데 괜찮죠?

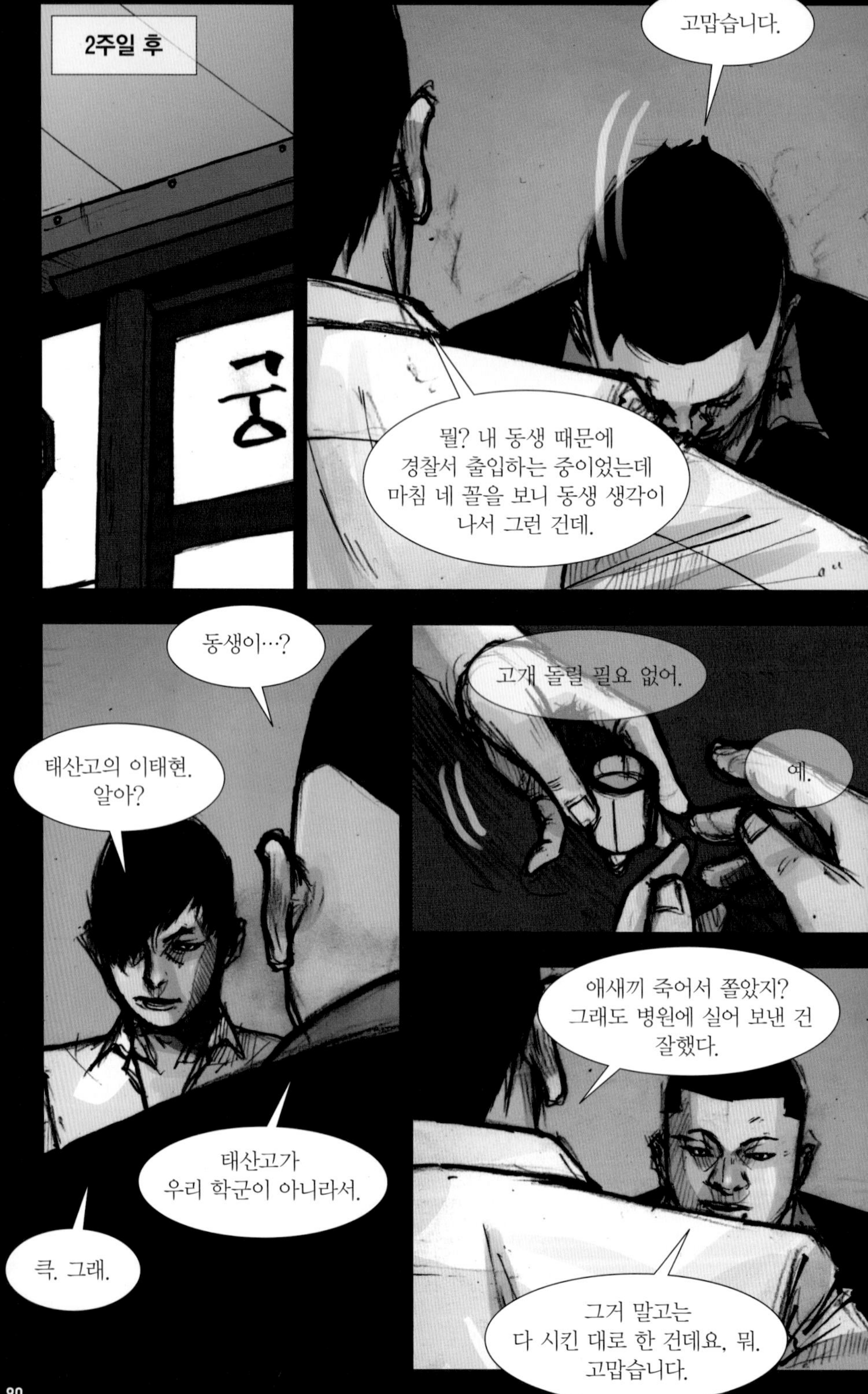
2주일 후
궁
고맙습니다.
뭘? 내 동생 때문에 경찰서 출입하는 중이었는데 마침 네 꼴을 보니 동생 생각이 나서 그런 건데.
동생이…?
태산고의 이태현. 알아?
태산고가 우리 학군이 아니라서.
큭. 그래.
고개 돌릴 필요 없어.
예.
애새끼 죽어서 쫄았지? 그래도 병원에 실어 보낸 건 잘했다.
그거 말고는 다 시킨 대로 한 건데요, 뭐. 고맙습니다.

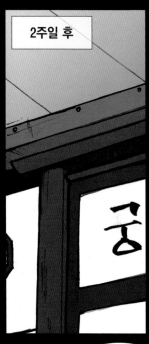

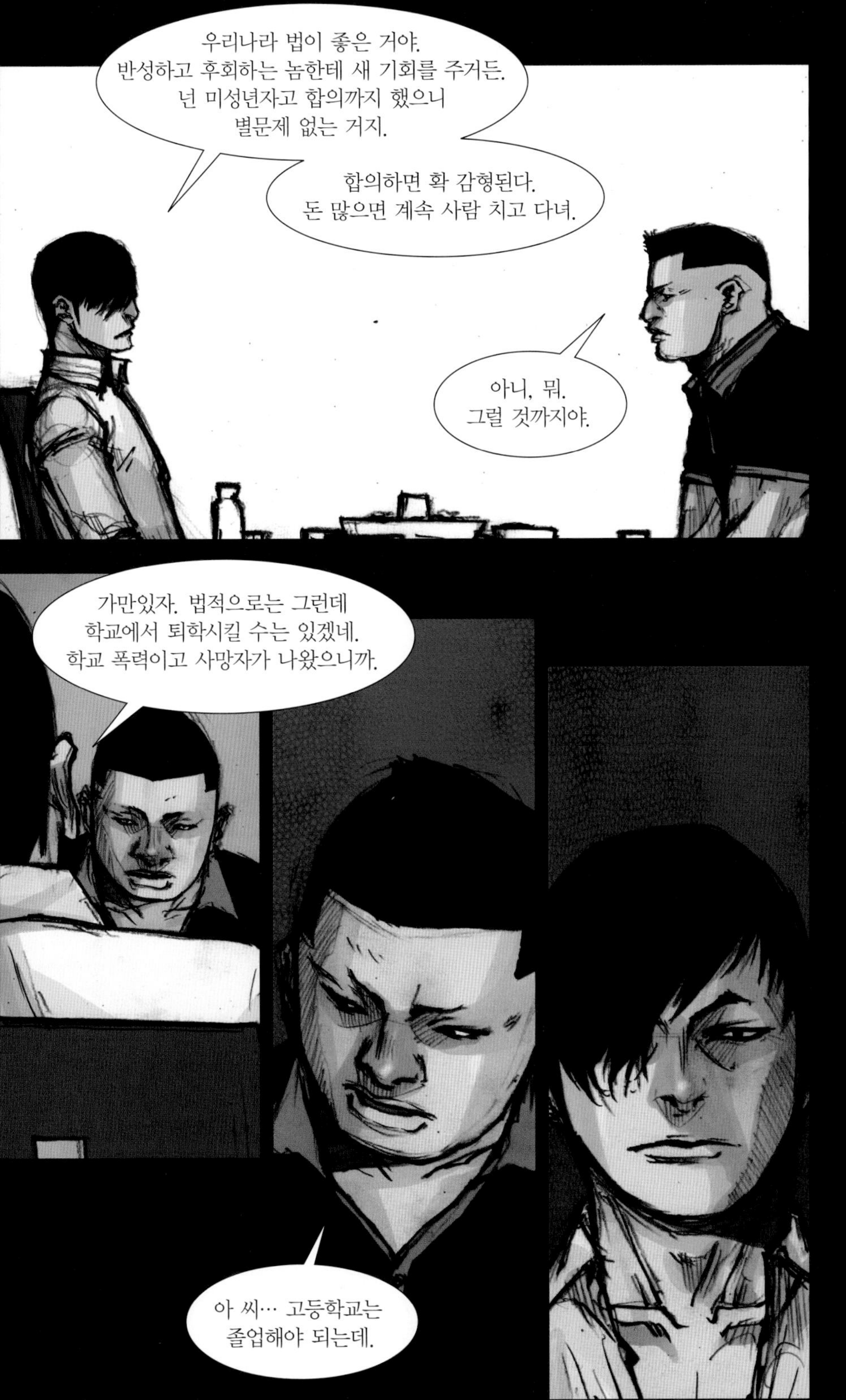
우리나라 법이 좋은 거야. 반성하고 후회하는 놈한테 새 기회를 주거든. 넌 미성년자고 합의까지 했으니 별문제 없는 거지.
합의하면 확 감형된다. 돈 많으면 계속 사람 치고 다녀.
아니, 뭐. 그럴 것까지야.
가만있자. 법적으로는 그런데 학교에서 퇴학시킬 수는 있겠네. 학교 폭력이고 사망자가 나왔으니까.
아 씨… 고등학교는 졸업해야 되는데.

만약 문제 생기면
연락해라.
사학 재단 '현덕' 이사?
여기저기 학교 몇 개
가지고 있는 재단인데 내년에
현덕고라고 특수학교 생겨.
현덕고가
어디 있는데요?

내년에 개교하는 학교. 문제아나 만학도들한테 배움의 기회를 주는 학교야. 특수학교라서 2년 만에 졸업 가능해.
여긴 너네 학군이다. 유림이랑 가까워.

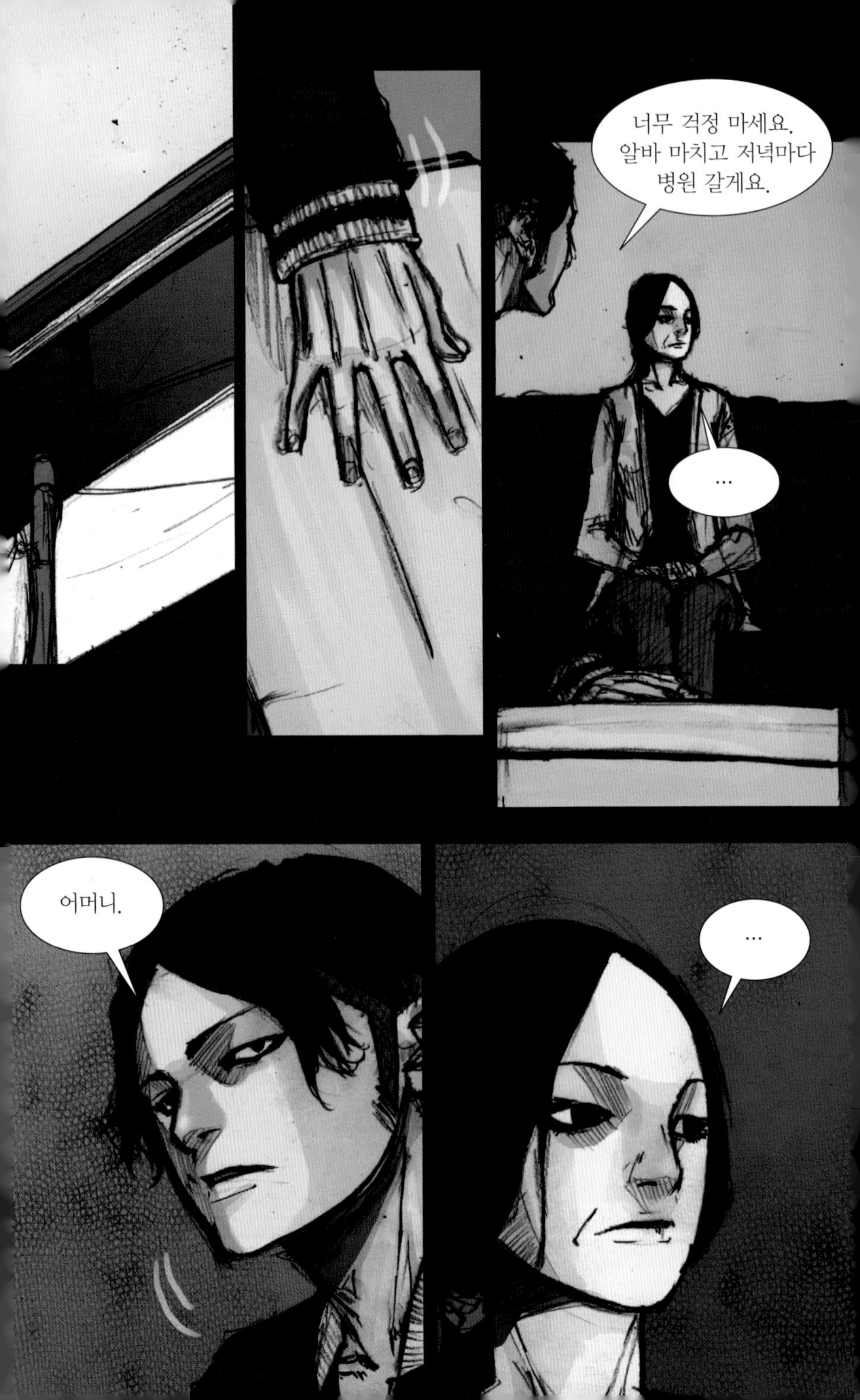
너무 걱정 마세요.
알바 마치고 저녁마다
병원 갈게요.
…
어머니.
…

혁아.
예?
후는 잘 있을까?
…
너무 보고 싶은데…
갈 수가 없어.
엄마.

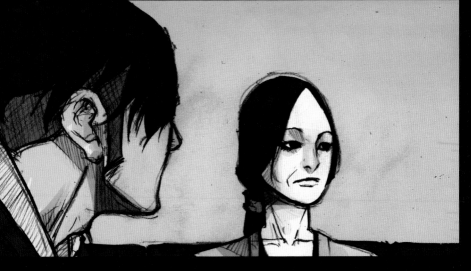

후야… 후야… 엄마 여기 있는데.
엄마 여기 있는데.
나도 좀 보라고요.
지금 옆에 있는 건 나잖아요.
엄마…!

차아
유림정보고등학교
차아악
크읍!
<공고>
2학년
백푸른
퇴학
<공고>
2학년
백푸른
퇴학

퉤!
백푸른
퇴학
탁
야. 교무실 어디냐?
뭐?
전학 왔거든.

지랄. 찾아보든가.
야!
어그로가 몸에 처배었나? 전학 첫날부터 사람 패고 싶게 만드네?
너…
숨 쉬기 싫냐?

마!
너 이 학교 학생
아니야. 나가.
뭐야?

씨발.
뭐?
간다! 간다고!
차아아
차아악

촤아

이듬해 3월
현덕고등학교
현덕고등학교 입학을
강당

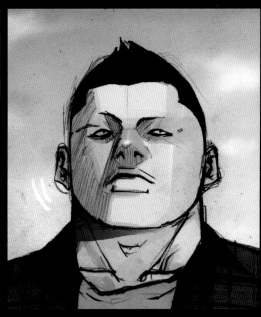

혁아!
학교 가야지.
끕--
야!

타. 태워줄게.
오늘 입학식이잖아.
교복은 뭐냐?
나이 스무 살에. 현덕고 교복은
안 입어도 된다던데?
알아. 엄마가 교복 입길
원해서. 학교 파하면 병원 가서
엄마 봐야 하거든.
그때 갈아입으면
되는 거 아냐?
그냥… 엄마와의
약속 같은 거야.
더 묻지 마.
알았다.
가자.

넌 입학식 언제야?
내일!
부아앙
갈게!
됐어. 고딩이 공부해야지.
…
어느 학교야? 전공은?
한진대 경영학과.
끼익

좋겠다!
이것들아! 학교 가서.
넌 왜?
난 아직 진로
못 정했어.
컴퓨터 배웠잖아.
그거 가지고 취직할 데가 없어.
조립 컴도 요즘은 그냥 그렇대.
뭐… 어떻게 되겠지.
그래 뭐!
어떻게 되겠지!
부아앙

부아앙
야! 저거 존나 신 같지 않냐?
응?
혼자 교복 입고 왔어. 완전 갓이야, 갓. 병갓.
현덕 고등학교

우리 학교에
교복이 있었어?
있는데 안 입어도 돼.
70 넘은 할매도 있던데
어떻게 교복을 입히냐?
야.
나 모바일무비 볼 거니까
입학식 하는 동안 허리 꼿꼿이
세워서 나 가려라.
뭐?

자세 무너지면 죽는다?

꼰대가 하도 난리를 부려서 그렇게 됐어.
약속한 5억은 내 주식을 팔아서라도 맞춰줄게.
괜찮아. 영감님 정정하시네.
아… 귀찮게 입학식 참석하라고 그러고.
진열아. 근데 묻고 싶은 게 있어.
응? 뭐?
이사는 학교에 사무실 하나 얻을 수 없나?
뭐 하러?
심심하니까. 자숙 기간 중에 제대로 일해보려고 그러지.
모양 빠지게… 내가 교장 샘한테 말해서 네 사무실 하나 빼놓으라고 할게.
오케이.

근데 뭘 아까부터 보고 있는 거야?
입학생들 누가 있나 봤는데 재밌는 녀석이 있네?
재밌는 녀석? 그게 누군데?
그냥 반가운 녀석.
싱겁긴.
나와 내 동생을 망가뜨린 주제에 제 인생 제대로 살겠다고 공부를 한다?
이에 지원하게 되었습니다.

크크크크.
킥킥… 크크킥.
뭐야?
왜 웃어?
고맙지 뭐야? 내 손으로 널 망가뜨릴 기회를 얻었으니까.
강혁!

야! 야!
개새끼가 눈 똑바로 뜨지?

응? 자세 똑바로
하라고.
후우… 또 이 꼴이라니.
눈깔 굴려?
죽을래?
적응해야겠지.
어쩔 수 없잖아.
미, 미안…
짜증 나는 새끼.
지지!

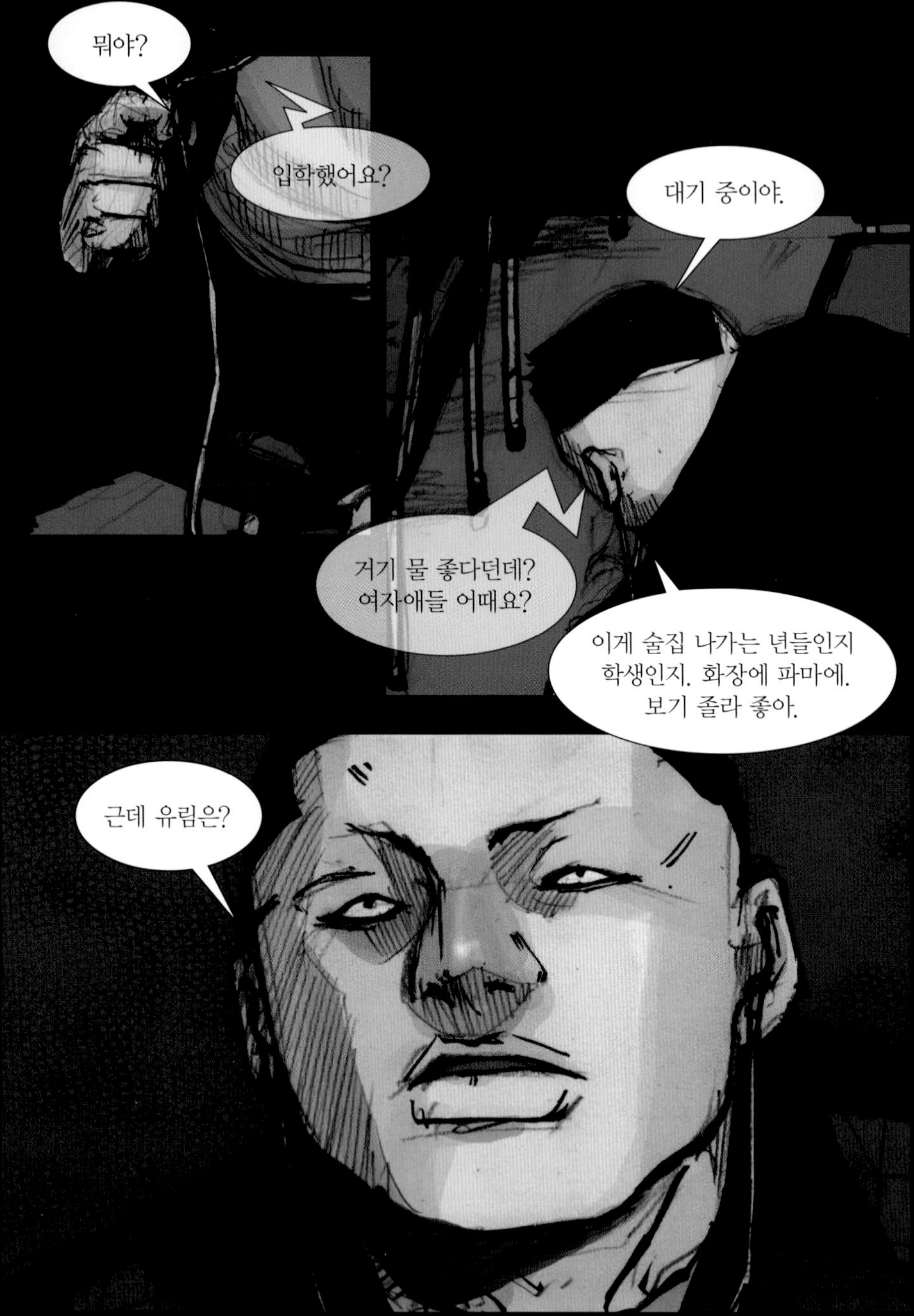

선배 잘릴 때 전학 온 애 있잖아요. 서보성.

선배 학교 쫓겨 나갈 때 싸울 뻔했다면서요?

영수 선배가 선배 나가고
애들이 자기 만만하게 볼까 봐 더 막 밟았어요.
그런데 보성이가 딱 개긴 거죠.

콰직
폭력으로 전학해서 얌전히 지내려 했더니!

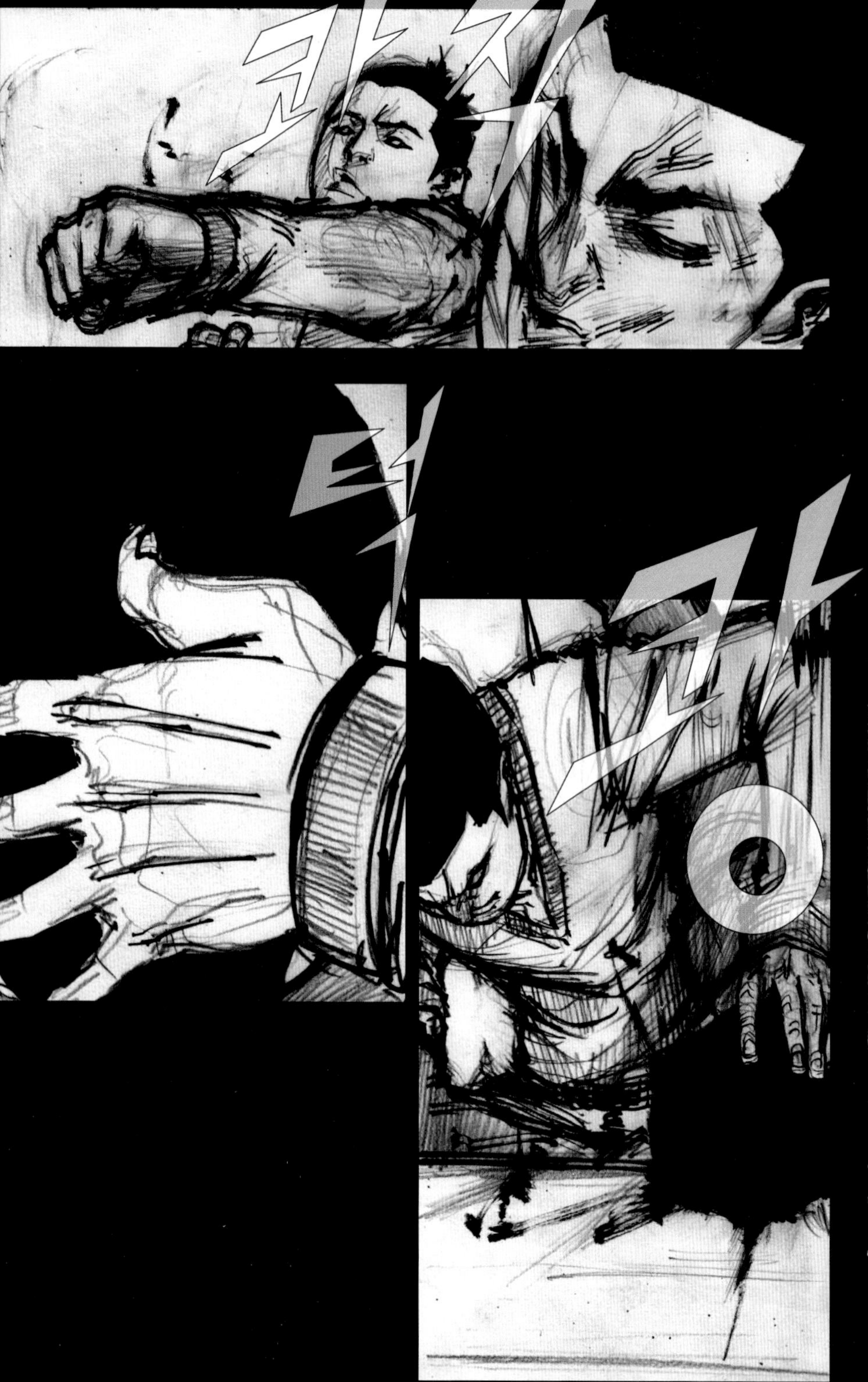
콰직

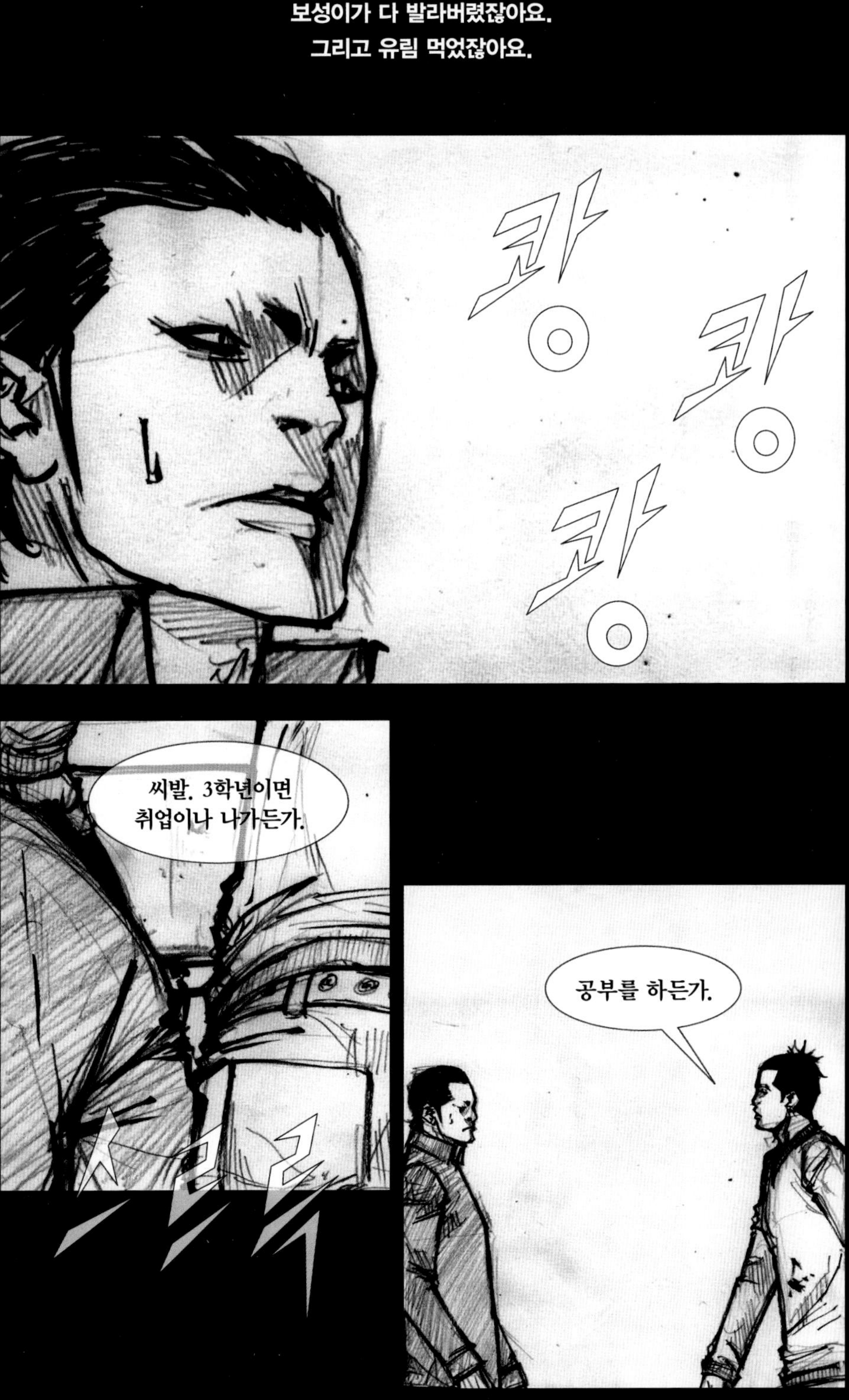

보성이가 다 발라버렸잖아요.
그리고 유림 먹었잖아요.
쾅
쾅
쾅
씨발. 3학년이면 취업이나 나가든가.
공부를 하든가.

그렇죠? 선배님? 좀 조용히 삽시다.

아 씨. 거기까진 나도 알고. 서북고연 말이야, 서북고연. 그거 먹었다는 이야기 돌던데?
애초에 선배가 거의 먹었던 거고 선배 잘리니까 학교들이 다 흩어졌죠. 서보성이 다시 먹으려고 찡찡거리는 거지, 아직 먹은 거 아니에요.
그래?
예. 서북고연 회비가 장난 아니잖아요. 서보성 그거 때문에 요즘 눈 돌아가 있어요.
야. 다리 좀 놔라. 나 그 새끼하고 할 말 많을 것 같아.
나중에 전화할게. 끊어.
곧 입학식을 시작하겠습니다. 귀빈들이 입장하니 모두 자리에서 일어나주시기 바랍니다.

무리

제대로
가리라구우
뚠
뚠
진심인가

유림정보고 물리실
리
실
반갑습니다!
야. 조폭이냐?

종석아. 신입생 중에 누구 있어?
눈에 띄는 애 없어.
아 씨. 이래가지고 언제 서북고연을 다 먹나?
안 그래도 그거 때문에 푸른 선배가 보자던데?
푸른? 나하고 싸울 뻔했던 새끼? 요즘 뭐 한대?

올해 현덕고에 신입생으로 들어갔어.
서북고연 작년에 거의 혼자 다 먹었었는데
요즘 생각이 많이 나나 봐.
그래?
서북고연 먹고
돈도 먹겠다…
그거네?
어때? 추진할까?
일단 만나보자.
들어는 봐야지.

에 또… 여러분들은
결코 늦은 것이 아니며…
앞으로 인내와 끈기를 가지고…

이상으로 전할 말을 마치겠습니다.
아오. 꼰대. 지겨워 죽는 줄 알았네.
다음엔 이사진의 인사가 있겠습니다.

!
한 분씩 소개할 때마다
뜨거운 박수로 맞이해
주시기 바랍니다.
저 녀석도 여기?

기대해라. 낙오자들이 모인
여기서도 낙오하게 될 테니.

이상으로 입학식을 모두 마치겠습니다. 신입생 여러분들은 배정받은 반으로 가서 안내를 받으시고…
뭐 하냐? 가자.
아는 얼굴이 있어서 이야기 좀 하고 싶은데.
아는 얼굴?
저기.

나중에 연락하자.
금방 이야기 끝낼 테니.
어?
여기 왔네?
이야기 좀 할까?
지금 배정받은 반에
가야 한다던데요?

내가 이 학교 이사진 중
한 명이야. 내가 할 말이 있다는데
누가 뭐라고 할 것 같은데?
그럼. 뭐.
툭
툭
너?
오랜만이다.

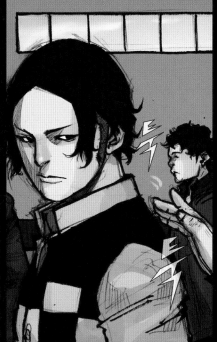

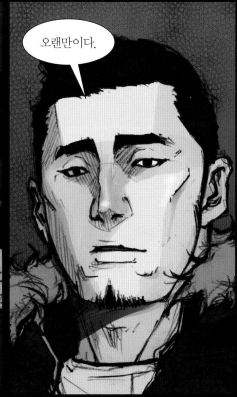

너도 여기냐?
어쩌다 보니. 작년엔 악연이었다만 잘 지내보자. 너한테 감정은 없으니.
혹시 이태현 어떻게 됐는지 알아?
올해 6월에 태산고 복학한다고 들었다.
...
네가 듣고 싶은 소리는 아니란 거 안다. 근데 이태현 아버지가 변호사잖아.

안 좋은 일 있어?
왜?
내가 아는 사람 중에 이사가 있어.
그럼 좋은 거 아냐?
아닐 거다.

여기가 좋겠네. 앉아.
티의실
예.
네 신상 기록부를 봤다.
대충 알지 않습니까?
대충 알긴 했지. 문제가 많더라.
문제는 무슨.
전 가수 안 할 건데요?
예전에 너 같은 녀석을 알고 있었지. 가수가 꿈이어서 TV 오디션에 출연했는데 일진이라고 시청자들이 해당 프로그램 게시판을 도배해서 꿈을 잃게 만들었지.

말이 그렇다는 거다. 넌 앞으로 네가 무엇을 꿈꾸든 꿈에 다가갈 수 없는 인간으로 자랄 거라는 거지.
...
하지만 기회는 있어.
내가 내미는 손만 잡으면 네가 사는 인생에서 좀 더 높은 곳으로 끌어올려주지.
예?
그게 무슨…?

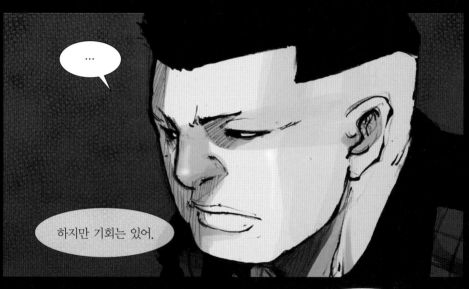

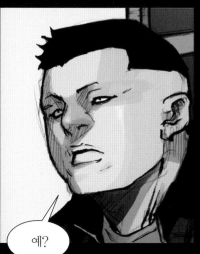

네가 잘하는 일을 하나 부탁하려 하는데 들어 주었으면 좋겠다.

뭔데요?

너와 같은 반에
강혁이라고 있어.
강혁?
그 녀석을 석 달 이내에
자퇴하게 만들면 좋겠는데?
예?

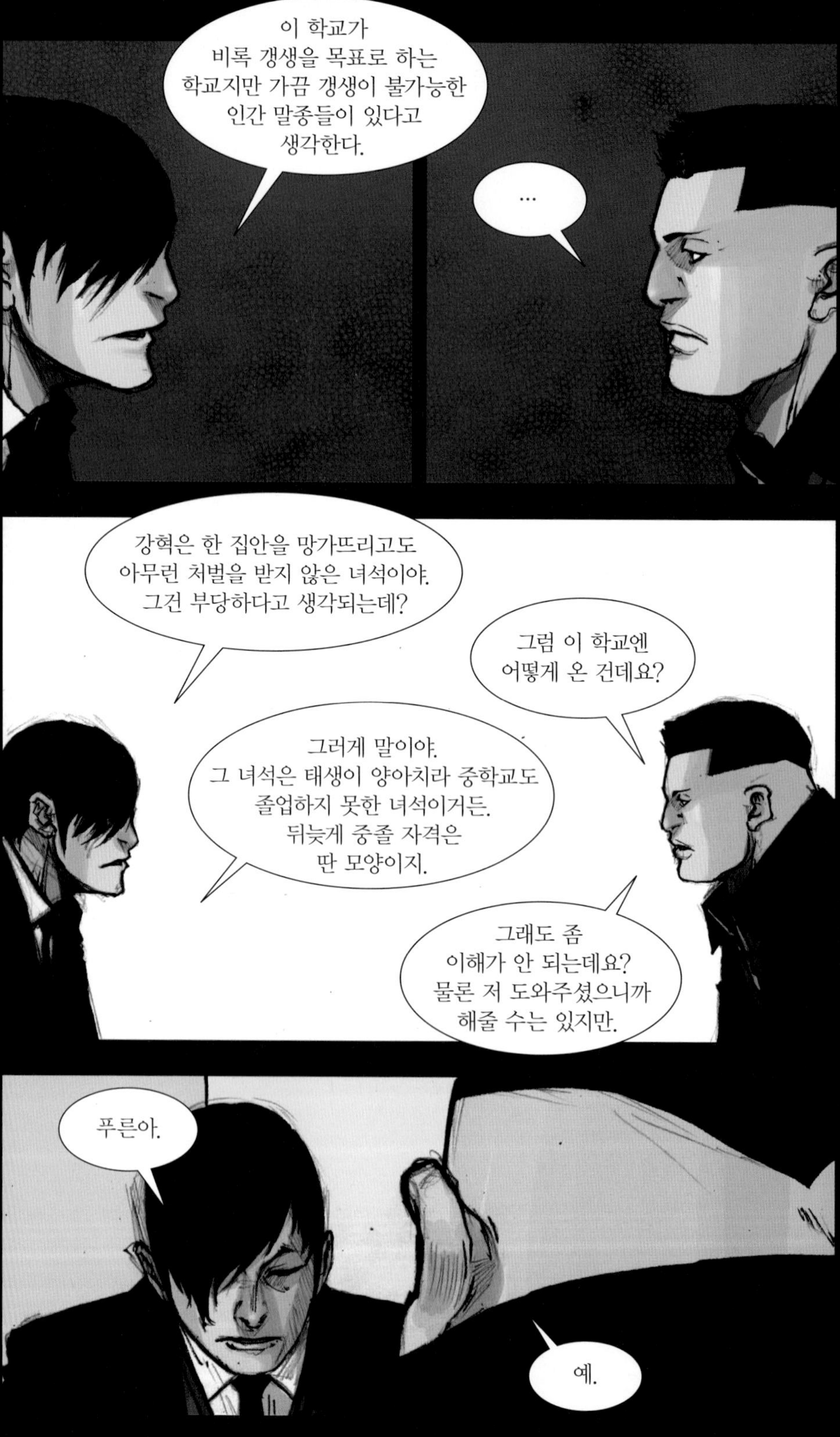
이 학교가 비록 갱생을 목표로 하는 학교지만 가끔 갱생이 불가능한 인간 말종들이 있다고 생각한다.
...
강혁은 한 집안을 망가뜨리고도 아무런 처벌을 받지 않은 녀석이야. 그건 부당하다고 생각되는데?
그럼 이 학교엔 어떻게 온 건데요?
그러게 말이야. 그 녀석은 태생이 양아치라 중학교도 졸업하지 못한 녀석이거든. 뒤늦게 중졸 자격은 딴 모양이지.
그래도 좀 이해가 안 되는데요? 물론 저 도와주셨으니까 해줄 수는 있지만.
푸른아.
예.

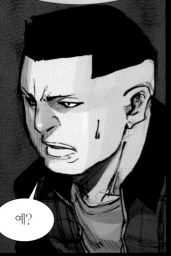

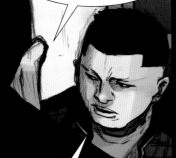

그 녀석이 망가뜨린 집안이
바로 우리 집안이다.
예?
자세한 이야기는 할 수 없다만
집안에 큰 상처를 남긴 녀석이다.
그런데도 증거 불충분으로 무사히
풀려 나와 자기가 하고 싶은 대로 살고
있는 건 아닌 것 같지 않아?
…
너처럼 대가를 치른 것도 아니다.
그 옛날 가수가 되고 싶었던 일진처럼
사회적 비난을 받은 것도 아니다.
그저 이 학교를 졸업하면
완벽히 그 녀석의 인생은
세탁되겠지.
듣다 보니 좀
짜증 나긴 하네요.
그래. 이건 정당하게
사는 사람들에게 박탈감을 주는
일이라고 생각해. 해서 난 그 녀석이
대가를 치르길 바라고 있어.
복수하고 싶으신 모양인데
직접 잘라버리시지 그래요?

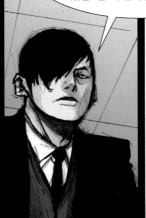

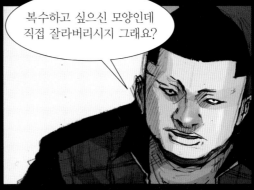

안타깝게도 이 학교는 내 학교가 아니고 나는 학교의 행정에 관여할 권리가 없어. 하지만 이 학교에서 너한테 문제가 생기면 내가 막아줄 수는 있어.
그럼 뭐 알겠습니다. 어떻게 생긴 놈이에요?
네 앞자리에 있던 녀석이야. 교복 입고 있던.
에? 그 병신이? 별로 세게 안 보이던데?
네가 지역 일대를 평정하려 했던 건 알고 있다. 그러니 너한테 부탁하는 거지.
뭐 좋습니다. 까짓거.
그래. 역시 넌…
좋은 녀석이야.

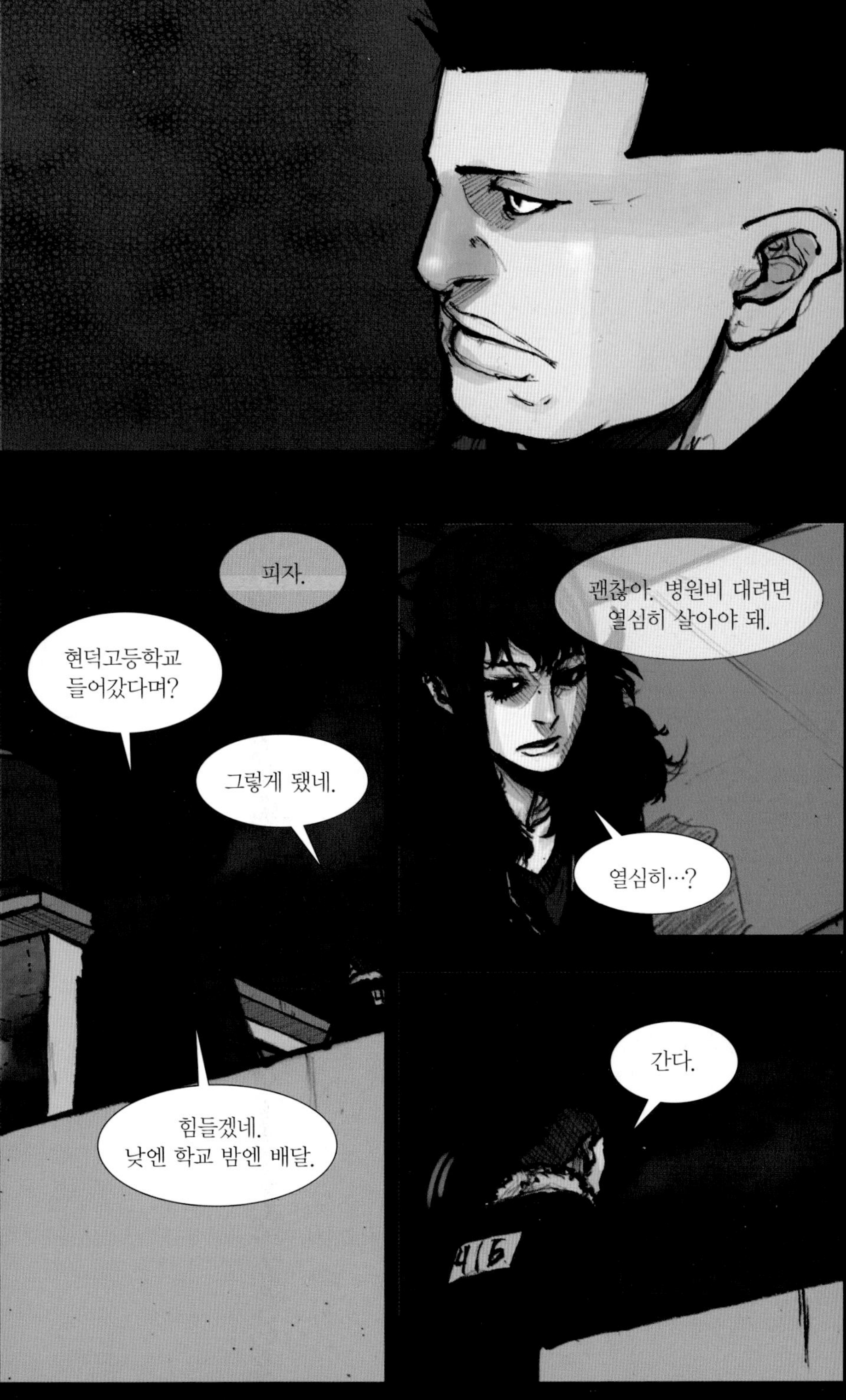
피자.
현덕고등학교 들어갔다며?
그렇게 됐네.
힘들겠네. 낮엔 학교 밤엔 배달.
괜찮아. 병원비 대려면 열심히 살아야 돼.
열심히…?
간다.
416

야.
뭐?
후 몫까지
열심히 안 살면 내가
너 죽일 거야.
응원 감사.
다다다

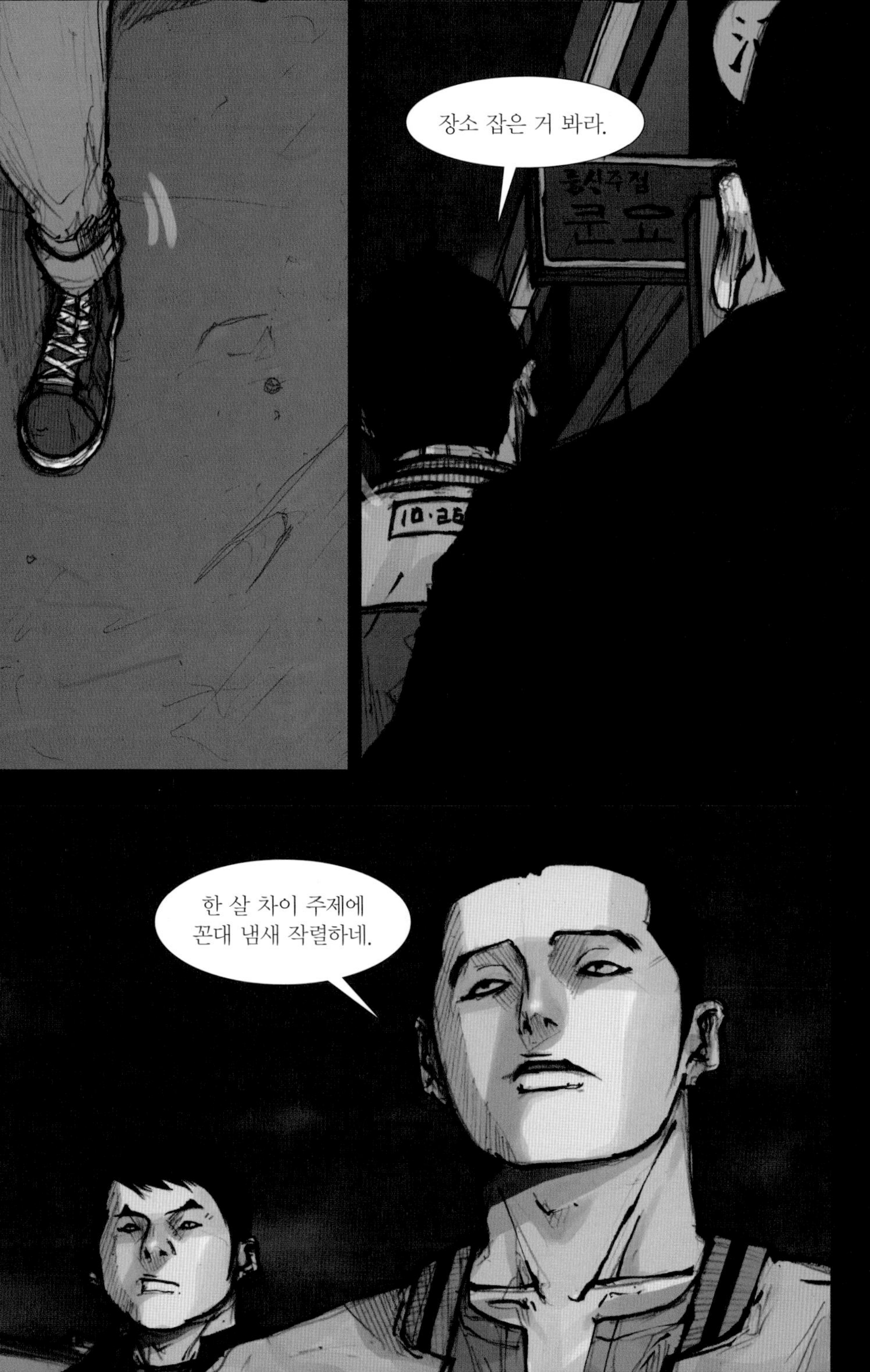
장소 잡은 거 봐라.
한 살 차이 주제에 꼰대 냄새 작렬하네.

선배님 안녕하십니까?
종석이 왔어?
나한테 할 말 있다며?
말 짧네?
네가 뭔데? 병신아.
병신은 너잖아. 내가 거의 다 먹은 거 도로 토해내고 있다며?

서북고연.
왜 말이 없어요? 서보성 씨? 응?
토해내는 게 아니라 자연스럽게 흩어졌다기에 다시 모으려고 하는 중이다.

노력하지 마. 서북고연 내가 다시 먹을 거니까.
현덕고가 무슨 자격으로? 근처에 있어도 엄밀히 말하면 타 학군인데?
같은 학군 맞거든?
씨발. 몰랐네.
일단 유림이랑 현덕이랑 협정 하나 맺자. 상호 불가침 같은 거.
공부도 못하는 게 꼭 이럴 때 유식한 말 하더라?
그리고 같이 서북고연 먹고.
현덕은 너 혼자인데 우리가 손해 아냐?

현덕에 양아치들 개 많은 거 알지? 내가 일주일 안에 다 통합한다.
그 전이라도 넘길 일 있으면 부르고. 내가 다 넘겨줄 테니까.
어이가 없네. 네가 뭐라도 되는 줄 아나 봐?
응. 나 좀 돼.
종석아.
예.

지금 서북고연 현황이 어떻게 되냐?
지금 서북고연이 좀 애매해요.
동진고, 유림정보고, 대티고는 확실한 멤버고요.
동진고는 3학년 장두수, 유림은 뭐 여기 있는 보성이.
대티고는 2학년 여철희가 이끌어요.

근데 동진은 졸업한 김인범이
서북고연 활동 중지시켜서
한 발만 걸치고 있는 상태.
모임에 잘 나오지도 않고.
장두수만 가끔 혼자 나오는데
얘는 춘천에서 작년 2학기 말에
전학 온 애거든요.
그래서 김인범 영향력 아래에 없어요. 전학 오기 전에 한 명 자살시키고 왔다던데 생각보다 조용하고요.
혼자 다니면 회비는?
회비 안 내요.

개판이네. 또?
기천은 노정래 졸업하면서 모임 해체시켰는데 3학년 강희성이 다시 살렸고. 근데 서북고연에 편입은 안 하겠대요.
원래 자기들끼리 삼위일체라고 옛날부터 있던 연합 서클이 있었어요.

삼위일체가 기천고는 고정이고 다른 학교는 좀 바뀌었는데
지금은 기천고, 당영고, 한창공고로 정리되었어요.
당영은 3학년 박일한.

한창공고는 3학년 이민협.

아 씨…
더럽게 복잡하네.

한창이 좀 애매한 게 작년에
형이 유승호랑 싸우다 유승호 죽고
완전 학교 뒤집어졌었거든요.
교육청에서 나오고 난리 났었어요.
그래?

그래서 겉으로는 조용해요. 근데 기본적으로 서북고연이라는 이름 자체에 반발감을 가지고 있고요. 형한테 복수하려고 해요.
대신은 3학년 전형수가 꽉 잡고 있는데 서북고연에 전혀 관심이 없어요. 1대 회장 이정우 말고는 누구도 인정 못 한다나?
지랄. 대신공고는?
전형수 그 시키도 스무 살이잖아?
이정우 말고는 회장감 없다. 참여 안 해.
예. 작년에 복학해서. 하여튼 대신은 패스.

그리고 여학교 중에서는 배성여고가 끼어 있었는데 여기도 패스.
김보영이 졸업하면서 서북고연 활동하면 다 죽여버릴 거라고
깽판 치고 나갔는데 이 학교는 김보영이 법이에요.
여기도 패스.

내 귀에 배성여고가 서북고연 활동한다 소리 들리면 너희 전부 아작 난다? 졸업하면 모를 것 같지?
이것들이 지들 해처먹고 꼭 나가면서 멋있는 척하더라?
대충 현황이 이렇습니다.
설명충 수고.
무지개 감사요.

내가 다시 결성할 테니까
자리 한번 만들어봐.
뭐? 무슨 자리?
각 학교 회장들 다 모아보라고.
내가 움직인다고 하면 모일 거다.
모이면 뭐 할 건데?
회장 뽑고 서북고연
제대로 출범시켜야지.
회장은 내가 할 건데?
킥!

크크크크크.
뭐래는 거야? 병신이.
지금 나가서 뜰까?
나에 대해서
좆도 모르면서 말이야.
내가 전학 와서
조용히 있으니까 만만하게
보이나 봐? 씨발놈이.
아이, 분위기
왜 이러시나. 또.
어. 개만만해.

그냥 넘어가면 안 되겠네.
둘 사이에 아래위 정하자.
호랑이가 없으면
여우가 왕 노릇 한다더니
어이가 없네.
자신 없으면 짜지던가.
탁

콜.

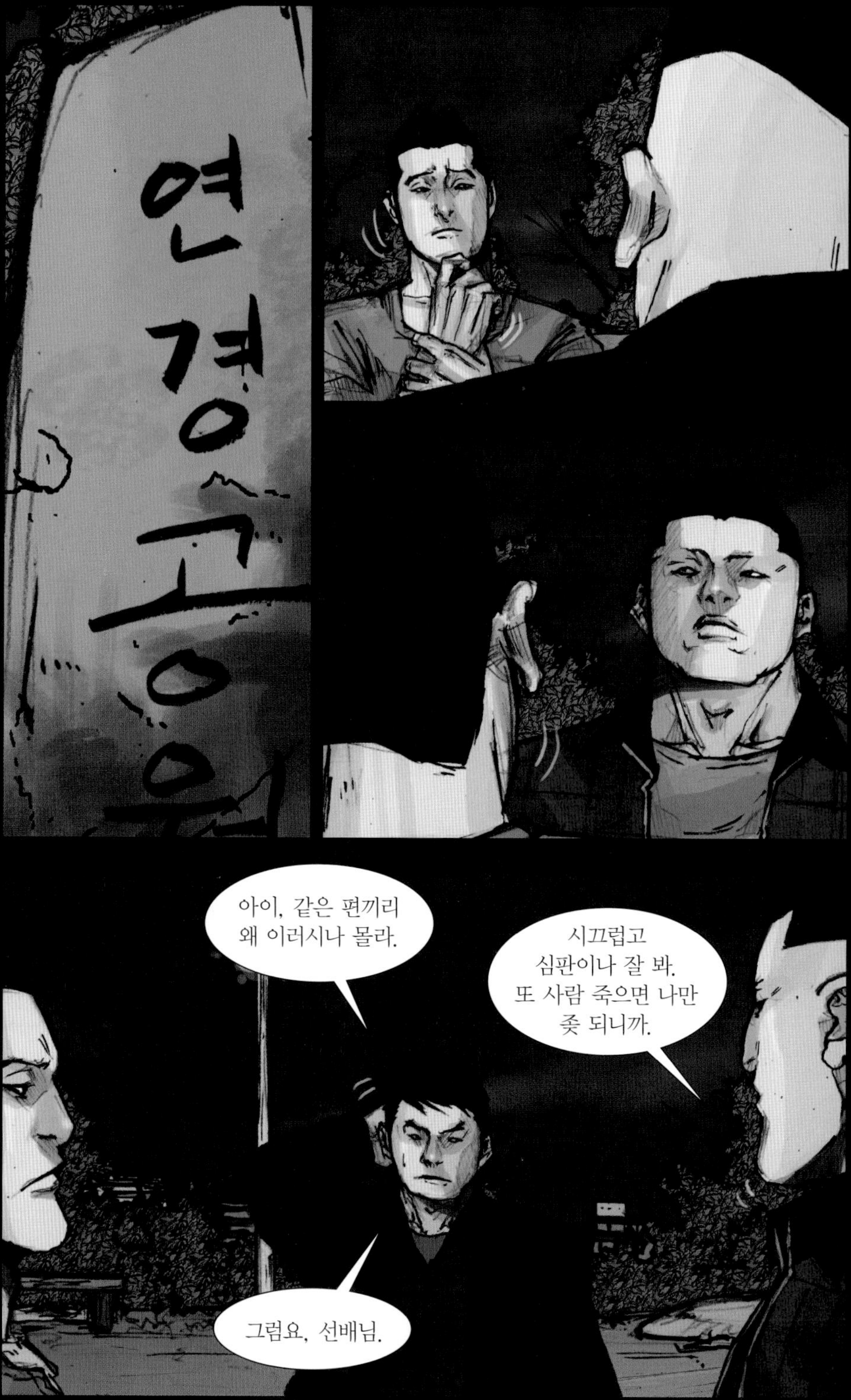
아이, 같은 편끼리
왜 이러시나 몰라.
시끄럽고
심판이나 잘 봐.
또 사람 죽으면 나만
좆 되니까.
그럼요, 선배님.

준비됐어?
간다!
팟
부웅

뭐야? 미친놈.
뭐가 이렇게 저돌적이야?
왜, 좀 놀랐어?
네까짓 게 뭐라고 놀라!

뭐야? 뭐 이렇게
쉬워? 너 방심했어?

쿨럭. 쿨럭.
야. 방심하면 안 돼. 최선을 다해야지. 그지?
뭐… 이런 인간이…?
기다려줄게. 천천히 일어나.
이게 사람을 뭐로 보고.

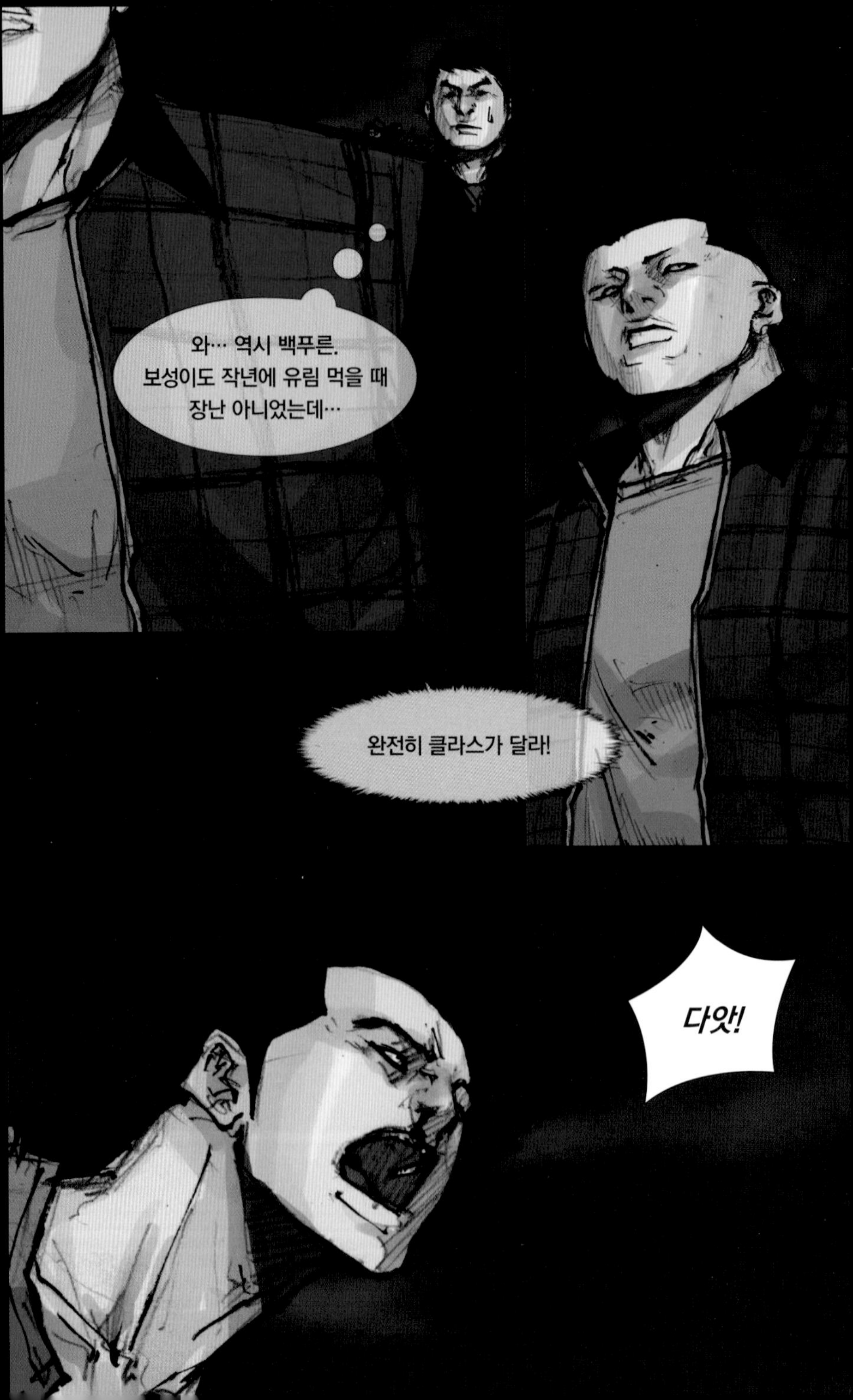
와… 역시 백푸른.
보성이도 작년에 유림 먹을 때
장난 아니었는데…
완전히 클라스가 달라!
다앗!

빡
부웅
쉬익

콰직
좀 달라 보이냐?
돼지야.
오…
생각보다 잘 치네?
근데 뭐.
!
이 정도로 설쳤냐!
보인다.

부웅
콰직

컥!
꾸욱

아… 시키.
대단한 줄 알았잖아.
역시. 이영수가 왜 백푸른 앞세워서 서북고연 먹으려 했는지 볼 때마다 새로 느낀다니까?
서북고연이랑 자리 마련해라. 난 바빠서 간다.
커헉! 쿨럭! 쿨럭!
예. 연락해 놓을게요, 선배님.

등신. 지가
바쁠 게 뭐 있어?
쿨럭… 쿨럭… 야.
쟤 엄마 뭐 하는
분이냐?
모르는데? 왜?
어떻게 사람 몸에서
짐승이 태어나는 거냐?
푸른 선배가 그냥 신체가
좀 남달라. 근데 단순해서
머리 쓰는 거 잘 못해.
머리?
서북고연 다 먹을 때까지 이용해.
그런 후에 밟으면 되잖아.
저런 인간을 어떻게 밟아?
저건 인간이 아냐.
말하는 산짐승이야.
꼭 싸워야
밟는 거야?
응?

저런 인간이 마음에
상처도 잘 받는 거 몰라?
어…?

일,
아… 아… 왜…?
앞으로 네 자린 여기다.
뭐?
그리고 지금부터 넌 내 졸개 1호다.
…!

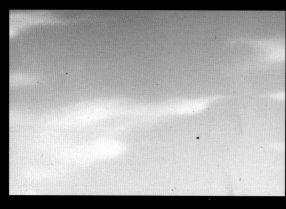

엎드려.
뭐?
엎드리라고! 개새끼야.

야 배고프다.
매점 가서 핫바 사 와라.
어…?
핫바 사 오라고!
돈은?
네 돈으로 사 오세요.
처맞기 전에.
…
아직 개념이 안 잡히나 보네?
머리 안 돌아가? 너 바보냐?

안에 아무도 없어요?
대가리가 텅 비었나 봐요.
안 가?
어… 어.

왜?
갑자기 배가 고파서.
매점
핫바 두 개요.
?

필요한 거 아냐?
내가 사면 되는데.
돈 없어 보이는데?
뭐?
교복 입고 오는 거
입을 옷 없어서
그런 거 아냐?
가난하긴 한데 교복 입는 건
그런 이유 아냐.

고슬기. 같은 반.
강혁.
맛없네? 너 먹을래?
먹던 거 먹으라고?
더럽냐?
됐고, 왜 도와준 거야?
내가 오지랖이 좀 넓어. 약한 애들 괴롭힘 당하는 거 보면 열 받아서.
근데 여긴 어떻게 왔어?
어떻게 왔냐니?
사고 쳐서 온 것 같진 않아서. 괴롭힘 당하다가 못 견뎌서 자퇴했다가 학교 다니기로 한 거야?
어…
응?

들켰네.
그렇게 티가 나?
너 같은 애는 티가 나.
몇 살이야?
스무 살.
오빠잖아?
넌?
열아홉.
넌 어떻게 왔는데?
우리 반에 따가 있었거든.
따 시키는 것들이 짜증 나서 정의의
응징을 좀 했는데 정신 차리고 보니
학교에서 쫓겨난 건 나더라고.

그래서 준 거냐?
응. 남 일 같지 않아서. 아는 남자애들 많은데 말해줄까? 여기서도 일진놀이 하는 거 좀 아닌 것 같은데.
구남매
괜찮아. 난 이만 가야겠다.
쳇. 고맙다는 말도 못 들었네.

소집이라…
12번.
으응?
두 배로 노래 불러.
춤추면서.
두… 두 배로?
불러.

cheer up baby,
cheer up baby.
좀 더 힘을 내.
9인조에
한 명만 하니까
이상하네.
13번부터 20번.
같이 불러.
cheer up baby,
cheer up baby.
좀 더 힘을 내.

묵음.
백푸른이 누군데 날 소집한대?
그래? 잘 쳐?
역대급이야. 보성이 처발렸어.
작년에 너 전학 올 때쯤 사고 쳐서 잘린 형 있어. 근데 이 형이 서북고연에 관심이 많아.
에히효… 조용히 살려고 해도 도와주지를 않네. 그러니까 네 말은 뭐야? 나보고 이제 동진고 먹고 회비 제대로 내라는 거지?
그렇지.

알겠어.
100km.
약하다. 120.
왜 이렇게 늦어? 1호.
미, 미안.

아… 찐따 냄새.
부모는 뭐 하는 사람이냐?
너 같은 거 낳아놓고
훌륭한 사람 되라고 열심히
키웠을 거 아냐?
!
어쭈, 표정 봐라?
방금…
뭐라고 했어?

철컥
수업합시다.
모두 자리에 앉으세요.
너 죽었어.
수업 끝나고 보자.
…
엄마 말을
듣고 싶지만…

엄마 욕하는 것까지
참을 순 없어요. 엄마.
학생은
수업 안 들어요?
매점
아… 수업 시간이네.
갈게요.

저기 근데.
네?
이사님이죠? 입학식 때 본 것 같은데.
그런데요?
이 학교에서 일진놀이 하는 애가 있어요. 신고하고 싶어서요.

딩동 딩동
자, 오늘 수업은 여기까지.
다음 수업 시간에 봅시다.

쾅

야. 아까 주먹 쥐고 뭐 하려 했어? 응? 사람 치겠다? 응?
네 에미가 사람 치라고 가리키디? 응?

꾸욱

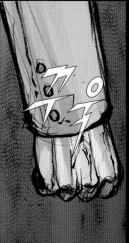

거기 그대로.
뭐 하는 거야? 거기!
!
두 학생 차례대로 내 방으로 오도록. 거기 너부터.
…

이태성
우리 구면이지?
네가 어떻게 생각하고 있는지 모르겠는데 이제 과거의 악연은 끊어야 하지 않겠니?
...
네가 이 학교에 들어온 이유가 분명 있을 거다. 부끄럽지 않은 학교 생활이 될 수 있도록 해라.
사람 죽여놓고 뺑소니 친 사람한테 그런 말은 듣고 싶지 않습니다.
...
네가 모르는 게 있다.
...
열심히 살면 미래가 괜찮을 거야.
정말 성실히 살면 앞으로 내 형편도 나아지겠지…
하고 열심히 사는 사람들 말이야.

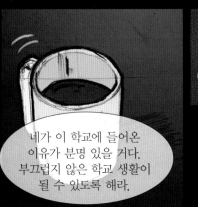

아무리 열심히 살아도 여전히 가난하고 바닥이야.
…
네 나이 때는 또래 애들보다 잘 치는 것 정도가 힘이라고 생각하겠지만 진짜 힘은 그런 게 아니지.
자르고 싶을 때 자르고 고용하고 싶을 때 고용할 수 있는 사람. 남이 아득바득 사는 인생을 내 손아귀에 넣고 마음대로 주무르는 사람.
그게 진짜 힘을 가진 사람이다.

그래서 보통은 그런 사람한테 안 찍히려고 노력하는데 넌 아직 어려서 모르는 것 같구나?
무슨 말을 하고 싶은 겁니까?
나한테 납작 엎드리란 말이다. 건방지게 고개 들지 말란 말이야.
본인 입으로 그런 소리 하는 거 안 이상해요?
큭큭큭. 오글거려? 참 웃기지. 어릴 때부터 지 애비가 굽실대는 것만 보고 자랐으니 남의 자신감이나 포부를 오글거려 하는 거지.

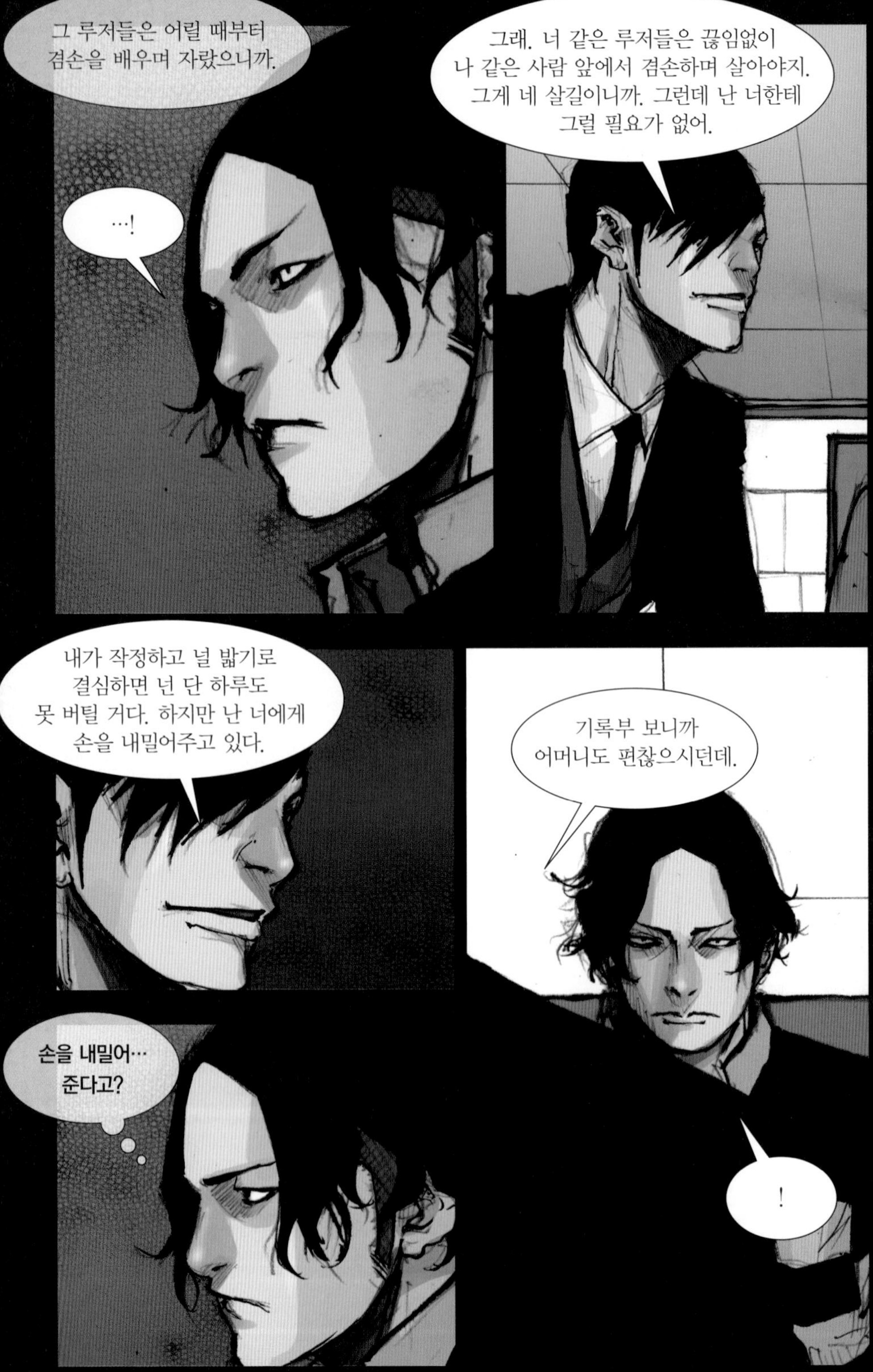
그 루저들은 어릴 때부터 겸손을 배우며 자랐으니까.
…!
그래. 너 같은 루저들은 끊임없이 나 같은 사람 앞에서 겸손하며 살아야지. 그게 네 살길이니까. 그런데 난 너한테 그럴 필요가 없어.
내가 작정하고 널 밟기로 결심하면 넌 단 하루도 못 버틸 거다. 하지만 난 너에게 손을 내밀어주고 있다.
기록부 보니까 어머니도 편찮으시던데.
손을 내밀어… 준다고?
!

설마 어머니한테
싸움박질이나 하고 다니는
아들로 기억되고 싶은 거냐?
마지막까지?
참을 수밖에 없지. 태어날 때부터
그렇게 태어난 거야. 그러니…
넌 선택의 여지가 없어.

철컥
야.
탁

부모 욕만 하지 마라.
다 받아줄 테니.
저벅
미안해요.
엄마가 원하는 모습으로
살게요.
저벅
후처럼.
저벅

한진대
OO 년도 신입생 입학을 환영
어?
어?
어? 여기예요?
아, 네.
어쩌다 보니.
진짜. 진짜.
수강 신청 다 했죠?
네. 근데 몇 과목 바꾸려고요.
같은 걸로 바꿔도 돼요?

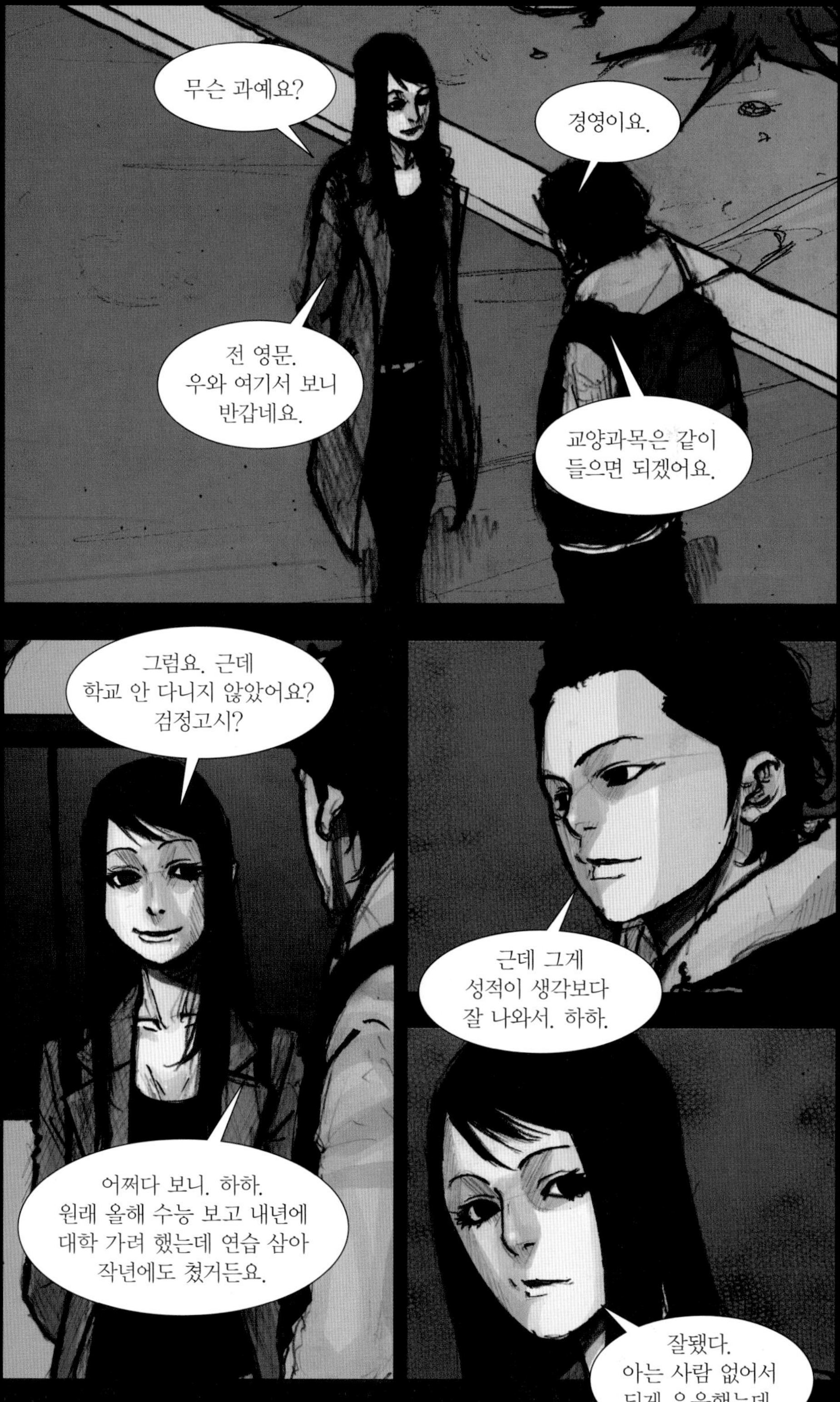

무슨 과예요?
경영이요.
전 영문.
우와 여기서 보니
반갑네요.
교양과목은 같이
들으면 되겠어요.
그럼요. 근데
학교 안 다니지 않았어요?
검정고시?
근데 그게
성적이 생각보다
잘 나와서. 하하.
어쩌다 보니. 하하.
원래 올해 수능 보고 내년에
대학 가려 했는데 연습 삼아
작년에도 쳤거든요.
잘됐다.
아는 사람 없어서
되게 우울했는데.

한솔이하고는
친구로 지내고 있어요.
한솔이요?
걔는 여기 말고 다른 데
합격해놓고 등록금 안 냈대요.
재수를 할 건지.
사이 좀 괜찮아졌어요?
에이, 뭐. 나쁘고
말 게 없어서. 근데 우리도
친구 할까요?
아… 뭐. 네.
친구들은?

말하면 개들이
안 좋아할 것 같은데…
에? 제일 잘됐구나?
아… 뭐.
뭐야아?
혼자 잘된 거 맞네?
너무 티 나게
하지는 마.
괴롭히라면서요?

잘하고 있는데
너무 티 나게 하니까
부작용이 생기네.
전 그런 거 계산하면서
못 하는데요.
어쨌든 밀당 알지?
서서히 죽이라고.
3개월이나 시간이 있잖아.
바로 죽이려면 내가 그냥
핑계 대서 자르면 돼.
어렵네요.
가끔 희망을 주라고.
이렇게 살면 괜찮을 거야.
그런 희망.
그리고 그때마다 꺾어.
그게 몇 번 반복되면
스스로 무너져.
예?

근데 왜 이렇게 어렵게 합니까?
그냥 제가 두들겨 패면 될걸.
스스로 무너진 놈들은
법의 구제를 기대할 수 없거든.
!
알겠지?
네가 괴롭혀서가 아니라
강혁 스스로 망가진 게 되어야 해.
그래야 네가 안전해.
아… 절 생각해서?
고맙습니다!
그래, 푸른아. 이해했을 거라
믿는다. 여기서 나가면 당분간 내가
주의시켜서 참는 걸로 하고.

건전하네?
이야기하기엔 좋잖아.
백푸른이
뭐 어쨌다고?
서북고연 다시 만들 건데
총알받이로 백푸른 쓰려고.
총알받이?

일단 삼위일체부터 깨야 하잖아. 이때 푸른이 써먹고 삼위일체까지 통합하면 까야지.
작년에 붙어봤는데 장난 아니던데요?
다 같이 까면 돼. 사냥하듯이.
뭐… 필요하면 나 혼자 까도 돼.
네가 본 적 없어서 그래. 백푸른 장난 아니야.
너희도 내가 싸우는 거 본 적 없잖아. 증명해줘?

나갈래?
우리끼리 뭐 하러? 내가 한 명 잡아줄게. 너희 독고라고 알아?
독고?
그거 닉네임만 유명하잖아. 이쪽 학군도 아니고.

그 자식 내가 잡아줄게.
내가 길 지나가면서
들었다니까?
야, 독고 들어봤어?
내가 독고 친구다.
진짜야.
그러니 밥 사줘.

그거 삥 뜯으면서
그냥 이름 파는 거 아냐?
아니야. 한 명이
더 있었어.
오? 그러면 좀
신빙성 있는데?
야! 또 혁이 이름
팔고 있냐? 혁이가 참 좋은
친구라고 하겠다? 그치?

내가 볼 땐 100%. 하여튼 이것들 족쳐서 독고 알아낼게. 제법 그 동네에선 유명하던데 내가 발라버리면 푸른이 바를 수 있는 거 인정?
인정. 그렇게 되면 푸른이를 앞에 세울 이유도 없고. 바로 우리가 나눠 먹으면 되고.
오케이.
동의요.

표정 왜 그래?
뭐가?
안 좋아 보이는데? 학교 생활 별로야?
아니야, 그런 거. 그냥 후처럼 얌전히 지내려다 보니.
후처럼 얌전히?
간다.

너 후에 대해 몰라?
후가 그냥 얌전하게
있던 애야?
…
누구보다
강했던 애가 후라고!
너처럼 주먹으로 싸워야
얌전하지 않은 거야?
후와 똑같은 얼굴로
그따위로 떠들지 마!

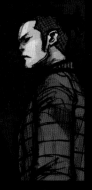

그땐 몰랐다. 후처럼 산다는 것.

그건 목숨마저 아끼지 않으며
불의에 저항하는 것임을…

그토록 강렬한 것임을.

야. 너 군대 안 가냐? 난 다음 달에 군대 가게 생겼다.
왜?
왜긴? 아버지가 안 가면 죽인대. 언제까지 이따위로 살 거냐고. 군대 갔다 오면 철이 든다나 뭐라나?
난 뭐… 집에서 나 찾지도 않아.
너도 이제 여기 그만 나오고 살길 찾아야지. 나 군대 가면 너 밥은 누가 사주냐?
공도 뛰면 돼.
나보다 못 타잖아? 넌 판돈 다 뺏겨.
아씨. 몰라.

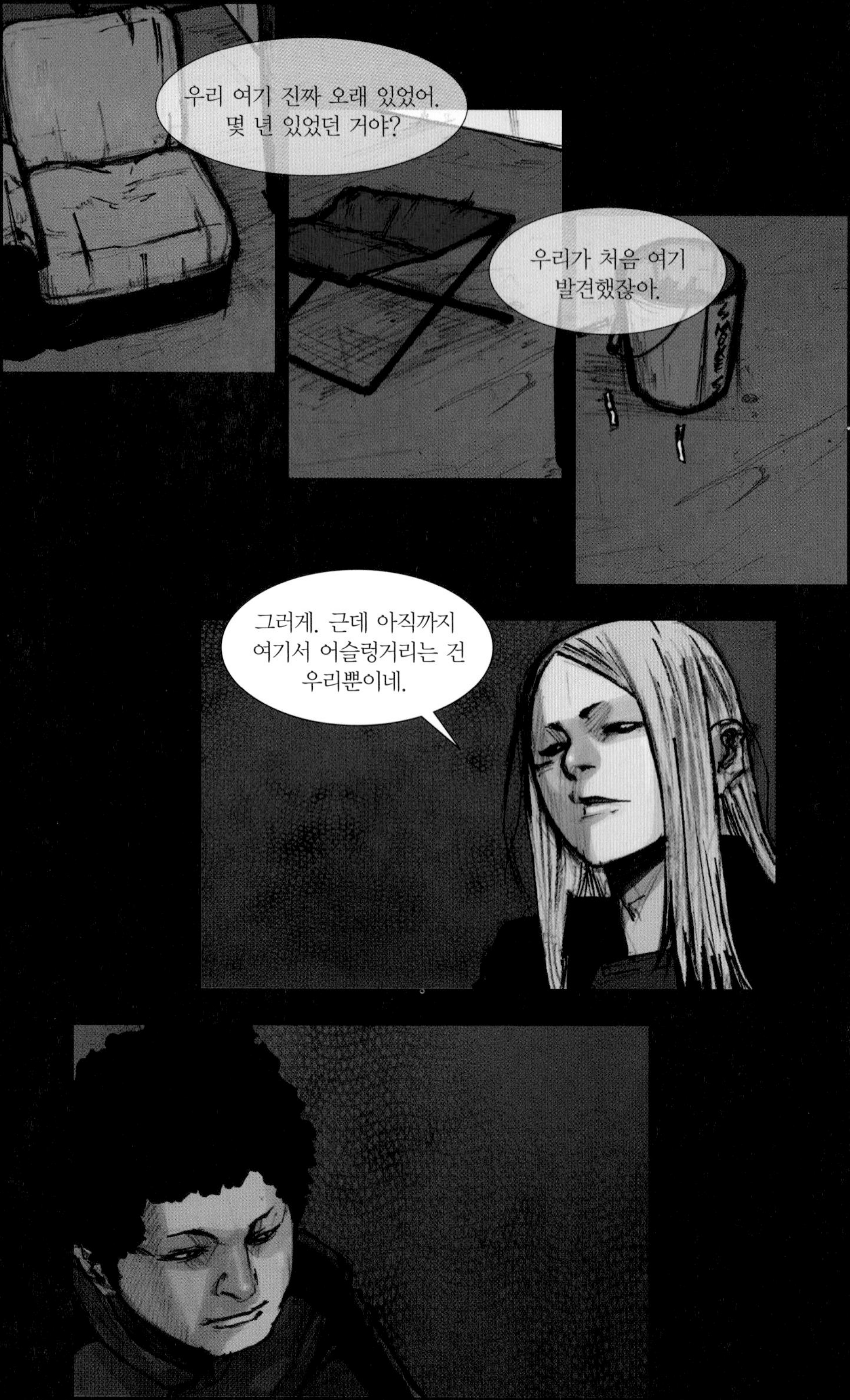
우리 여기 진짜 오래 있었어. 몇 년 있었던 거야?
우리가 처음 여기 발견했잖아.
그러게. 근데 아직까지 여기서 어슬렁거리는 건 우리뿐이네.

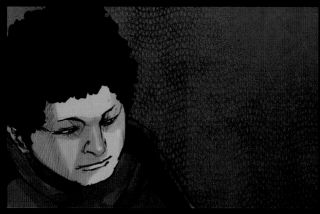

야. 여기냐?
여기 맞아.
뭐야?
아. 뭐 하나 물어볼 게 있어서.
뭐?

너 독고 알지?
내가 누구 좀 잡을까 하는데 그 전에 실력을 증명해 줘야 할 것 같아서.
독고를 잡으면 증명이 될 것 같다고 결론이 났지 뭐야?
하!
야, 가라. 네까짓 게 누굴 잡는다고?

그냥 좀 말로 할 때
대답을 하지 꼭 때리고
싶게 만들어.
개자식이 진짜!
쉬익

퍼억
칵
빡
빡
빡

차아악

후가 그냥
얌전하게 있던 애야?
후우…
너처럼 주먹으로 싸워야
얌전하지 않은 거야?
지지지
응, 태진아.
뭐 하고 있어?
배달 끝나고 집에 왔지.
어머니는?
며칠간 못 뵌대.
사흘 뒤에 갈 거야.
넌 어떻게 지내?
모르겠다. 그냥
하루하루 먹고산다.
하루하루?

예전에 본환이가 나 택배 상차 일하면 잘하겠다고 했잖아. 그거 나가고 있는데 나같이 운동한 사람도 힘드네.
종일이는 소식 없어?
몰라. 전화하면 매일 하하호호야. 주위에 여자도 많은 것 같고. 애가 좀 곱상하게 생겼잖아. 오늘 아침엔 서예란이랑 친구 먹었대.
그래도 종일이라도 사람답게 사니까 다행이네.
그러게. 그래도 너무 연락 없으니 좀 서운한 것도 있네. 맨날 내가 연락해야 돼. 내가.
혁아. 종일이 이 시키 빼고 나중에 우리끼리 보자. 소주 한잔해.

그래. 나중에 봐.
후우… 난 사는 게 왜 이러냐?
너 태진이 아니야?

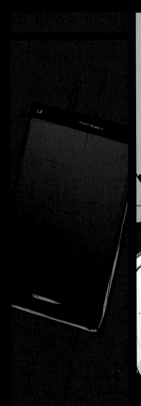

어…?
선배님.
지지지
야. 너 양반 못 되겠다.
안 그래도 좀 전에 태진이랑
네 얘기…

아악!
어이. 네가 독고냐?
콱
빨리 튀어 오는 게
좋을 거다. 네 친구들
쓰레기통에 처박기
직전이거든.

시간 30분 준다.
빨리 튀어 와라.
…
후라면…
친구를 모른 척하지는 않았을 텐데?

어머니가 모르면 되는 거잖아. 후도 이런 상황에서 모른 척하진 않을 거야.
학교에서만 어머니 말씀대로 하면 돼.

만약…
누가 날 알아보고 어머니께 알려버린다면…? 그럴 리는 없겠지만 만약 그런 일이 생긴다면?
야. 30분 너무 많이 줬나 봐.
다시 전화해.
그건 모양 빠지지. 이거 짤 없이 30분 기다리게 생겼네.

근데 만약 네가 지거나 불리해지면 어떡해? 도와줘?
장난하냐? 내가 진다고?
걱정 말고 감상이나 하라고. 국어사전 열어서 강하다는 뜻 찾을 필요 없어. 눈앞에서 보여줄 테니까.
야.
!

지금이라도 그냥 가라.
왜? 네 친구 처맞을까 봐 걱정되냐?
너 같은 놈 때리다가 괜히 친구 손 더러워질까 봐.
아… 이 시키.

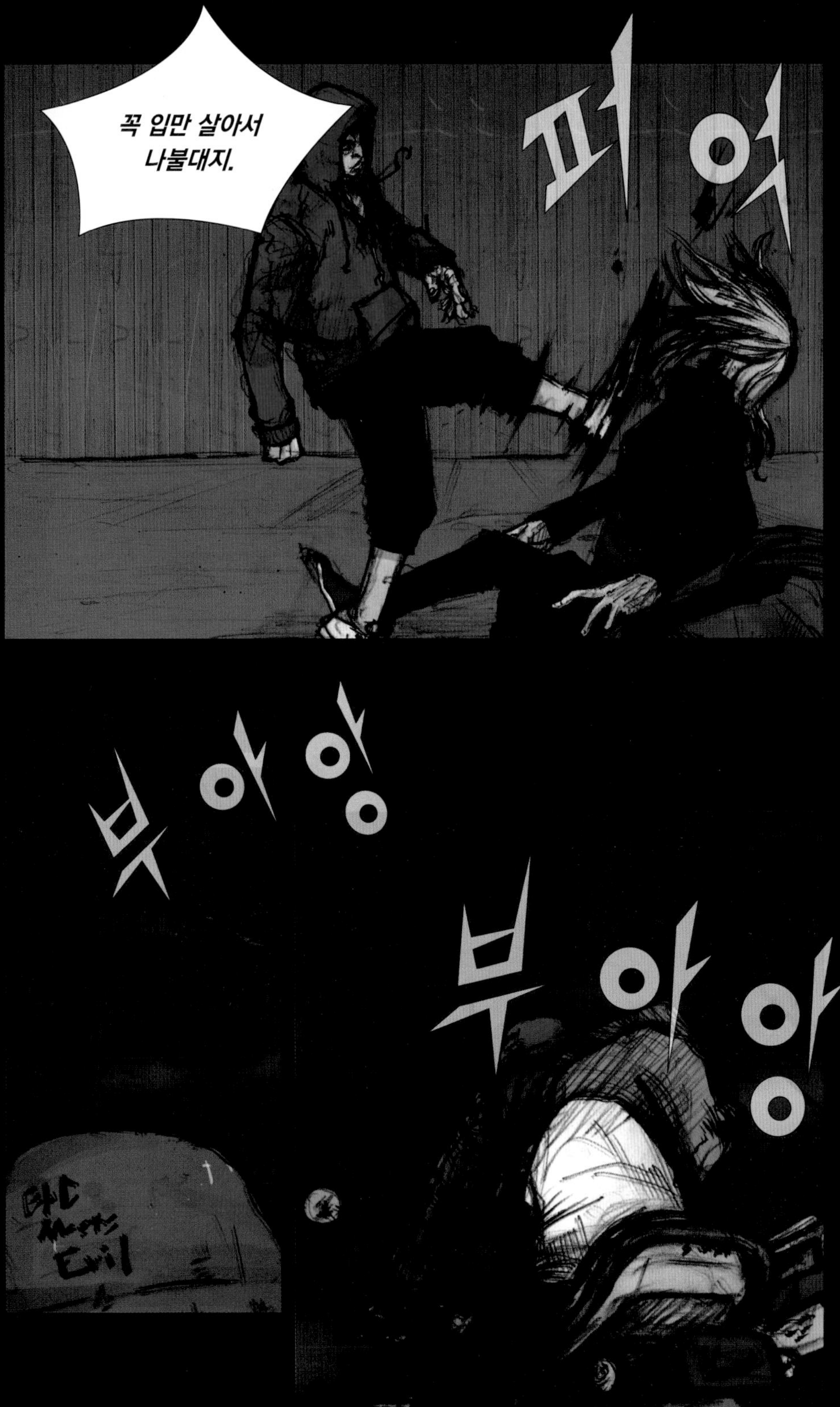
꼭 입만 살아서
나불대지.
퍼억
부아앙
부아아앙

부아앙…
끼익
으아암…
아직이냐?
저놈인가?

...
뭐야? 저거?
야밤에 뭔 고글이야?
연예인이네.
저 병신. 검은 마스크는
또 뭐야?
저거 독고 맞아요?
벗어. 실명해.
미친놈이 연예인병 걸렸나?
왜 얼굴을 숨기고 지랄이야?
상관없어.
네 명이냐?

아니. 나만
상대하면 된다.
그래?
오늘 내가 참~ 재수 없구나 생각해. 특별히 너한테 원한이 있는 건 아닌데 내가 뭘 보여줘야 해서.
난 싸우기 어려운 사정이 있다. 그냥 돌아갔으면 좋겠다. 내 친구들 건드린 건 용서해줄 테니까.
용서? 크큭. 주제를 알고 건방을 떨어야지.

넌…
아무것도 아니야!
쉬익

쉬익
쉬익

어쭈.
이번엔 제대로 꽂아주마.
찌억
비틀

!
!
오늘 재수 없다고 생각해.
이… 이럴 리가 없는데…

캉

너희도?
아니. 우린 그냥 구경 왔는데?

데리고 가라.
철희야.
야. 뭐야? 그냥 가?
일단 빠져.

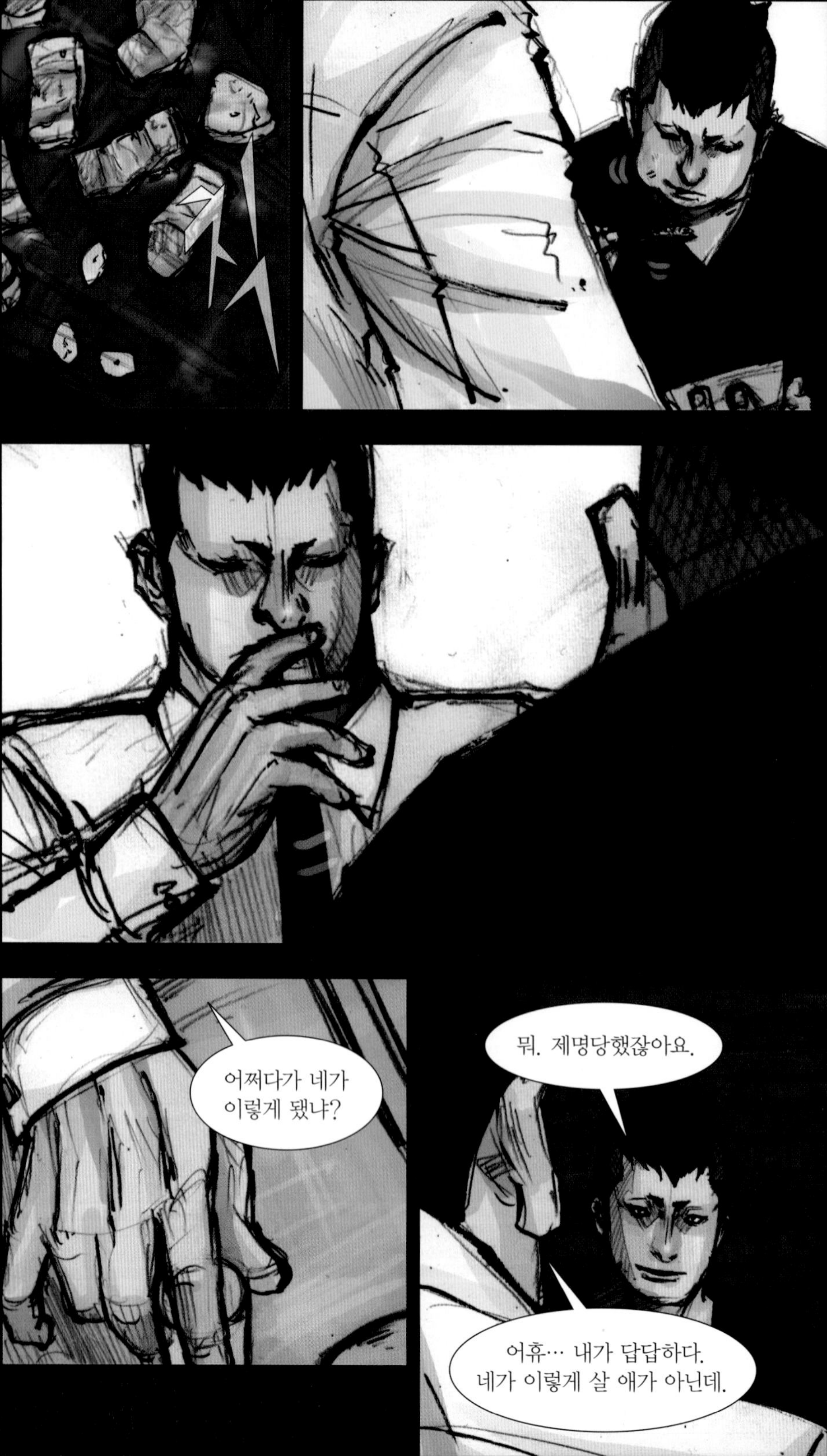
어쩌다가 네가
이렇게 됐냐?
뭐. 제명당했잖아요.
어휴… 내가 답답하다.
네가 이렇게 살 애가 아닌데.

선배님은 뭐 하고 지내세요?
나? 그냥 알음알음 회사에 취직했어.
너도 갈 데 없으면 내가 소개시켜줄게.
회사요? 전 고등학교도 졸업 못 했는데요?
그런 거 상관없어. 여기.
쓱

태윤실업 영업주임 심상윤
010-xxxx-8765
조폭이야. 사실 꼭 오라고 권유는 못 하겠어. 근데 돈이야, 돈. 맛있는 거 먹고 싶고 사람답게 살고 싶으면 결국 돈이더라고.
...

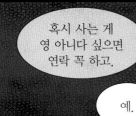

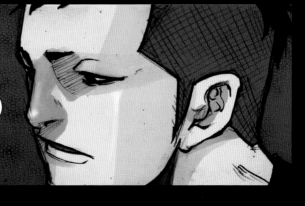

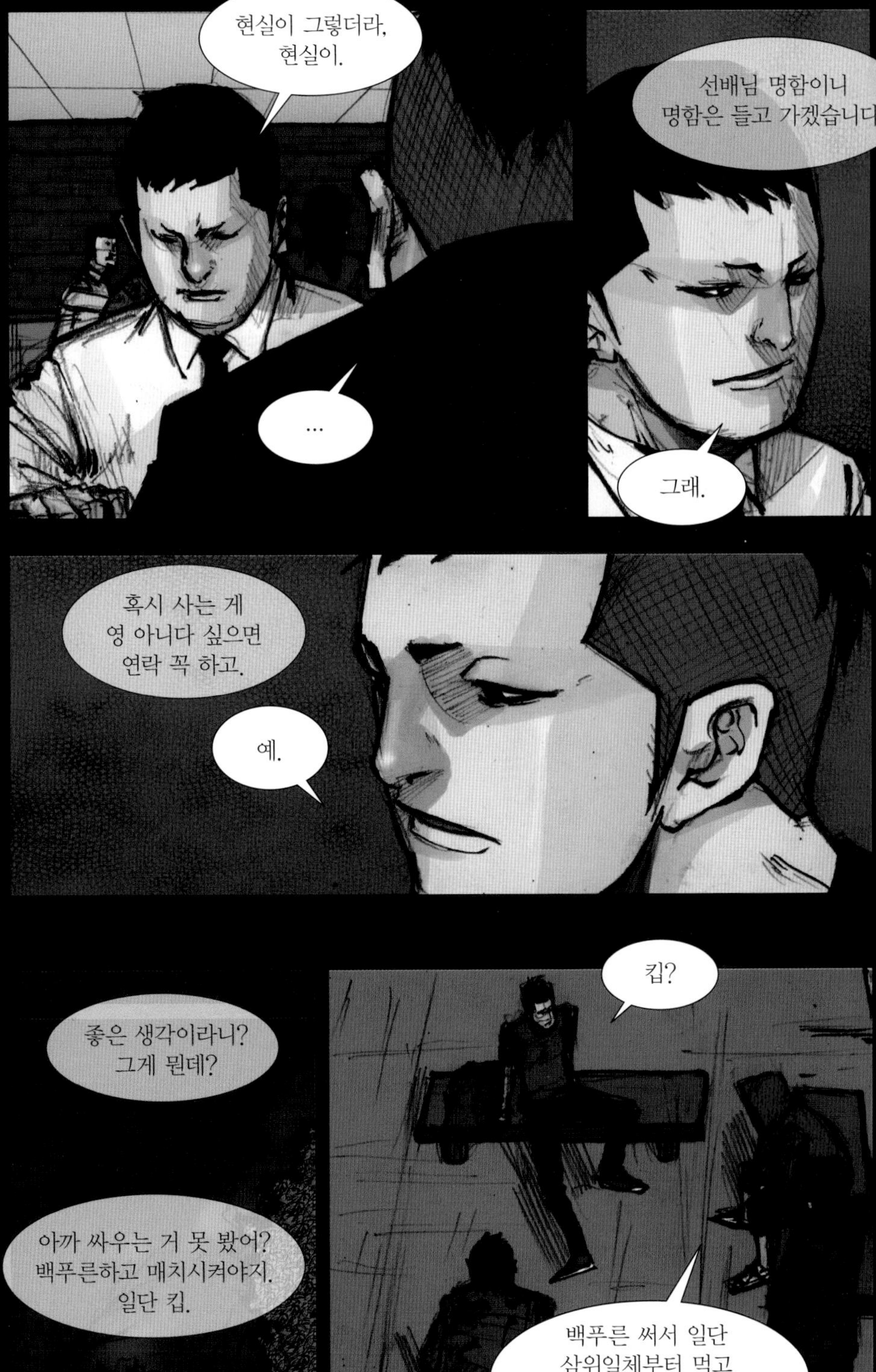
현실이 그렇더라,
현실이.
선배님 명함이니
명함은 들고 가겠습니다.
...
그래.
혹시 사는 게
영 아니다 싶으면
연락 꼭 하고.
예.
좋은 생각이라니?
그게 뭔데?
아까 싸우는 거 못 봤어?
백푸른하고 매치시켜야지.
일단 킵.
킵?
백푸른 써서 일단
삼위일체부터 먹고
그다음에 뭐 어떻게 하든
매치시키는 거야.

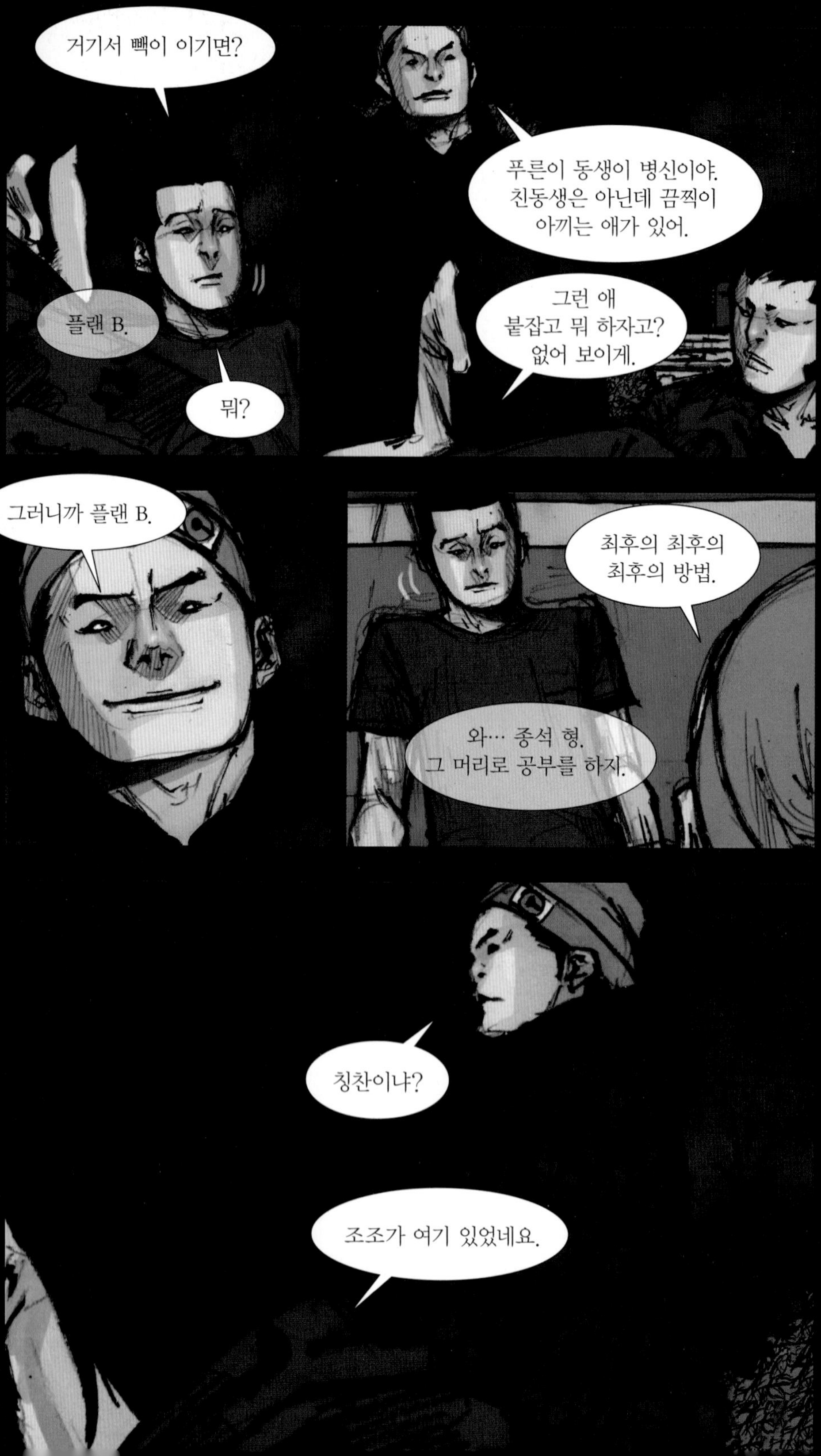
거기서 빽이 이기면?
푸른이 동생이 병신이야. 친동생은 아닌데 끔찍이 아끼는 애가 있어.
플랜 B.
뭐?
그런 애 붙잡고 뭐 하자고? 없어 보이게.
그러니까 플랜 B.
최후의 최후의 최후의 방법.
와… 종석 형. 그 머리로 공부를 하지.
칭찬이냐?
조조가 여기 있었네요.

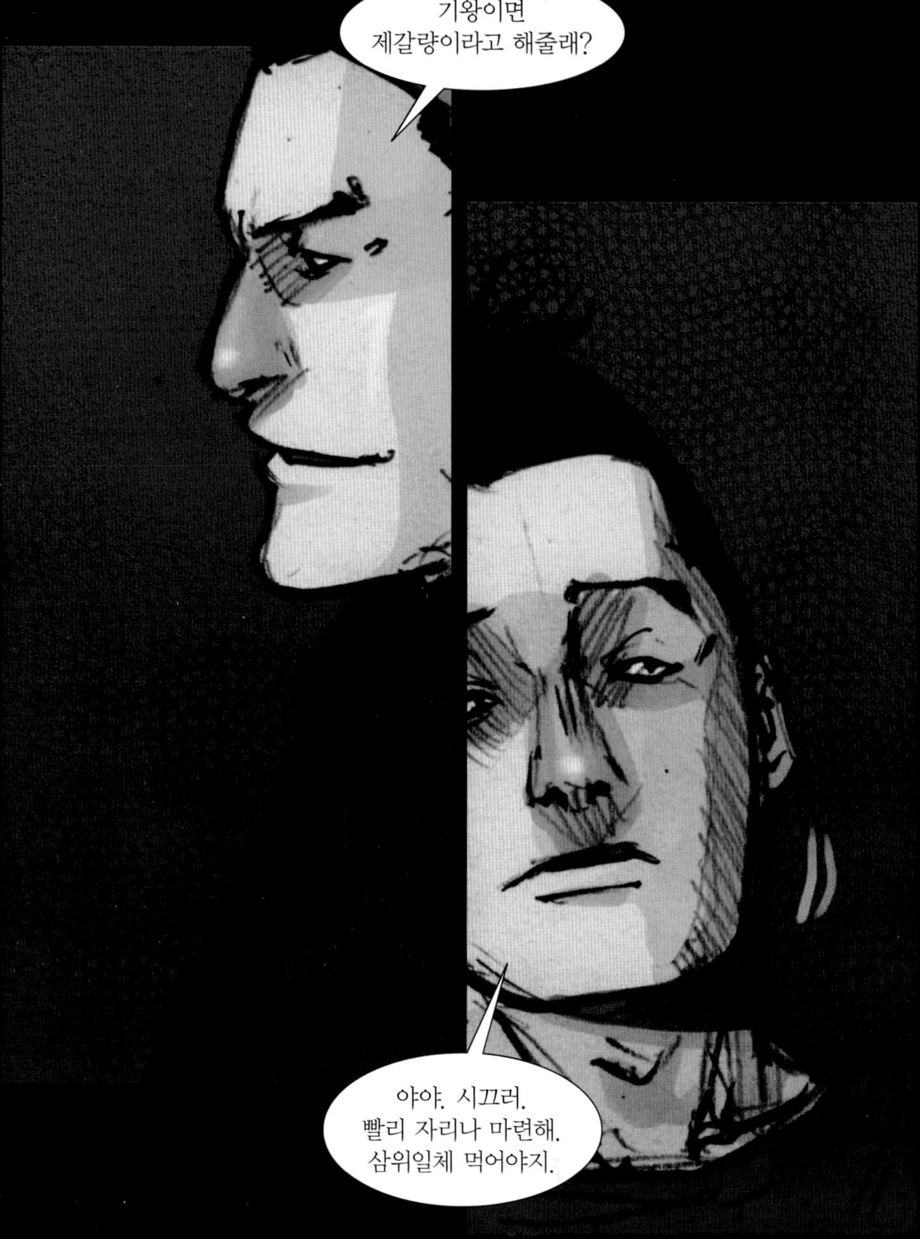
기왕이면
제갈량이라고 해줄래?
야야. 시끄러.
빨리 자리나 마련해.
삼위일체 먹어야지.

아직도 여기서 어슬렁거려?
얼굴이나 가리고 다니는 주제에 훈계하지 마! 할 거면 밥이나 사든가.
어떻게 지내?
그냥 뭐, 학교 다녀. 현덕고.
거기 양아치들 많지 않아?
다들 마지막 기회라고 생각해서 그런지 생각보다 조용해. 한 명이 좀 설치긴 하는데 참을 만해.
왜 참아? 그냥 엎어.
어머니가 아프셔.
응?
의사가 6개월에서 1년 본다던데 어머니가 나보고 싸우지 말랬거든. 넌 싸울 수 있겠어?

난 울 엄마하고
안 친하니까 괜찮아.
너희는 몰라.
나도 지금 실감이
안 나는데.
그냥…
후회하고 싶지 않은 거야.
어머니 눈감으시기 전에 가슴에
못을 박을 순 없잖아.
그럼 여긴 왜 왔어?
그러게.
맞든지 말든지
무시해야 되는데.
이게 또 우정이라서.
그래서 얼굴
가리고 온 거냐?
응. 알아보는
사람 아무도 없어도
괜히 내가 찔려.

아 참. 형국이 형이
전에 와서 너 찾더라.
박형국?
응. 요즘도
봉사하고 다니던데.
같이 봉사하자고.
봉사는 무슨.
내가 사는 게 죽겠는데.
그래도 한번 보고 싶긴 하다.
다들 어떻게 사는지.
갈래?
이번 주 일요일.
야. 넌 왜 왔어?
군대 가기 전에
좋은 일 하려고. 왜?
그러는 넌?
여기서 밥 준다며?

어? 너희.
미리 말을 하지.
반갑다.
연희야. 오빠들한테
인사할래?
안녕하세요?

귀… 귀여워.
뭐 해? 인사하잖아.
아… 안녕?
하이.
바… 밥 사줄까?
뭣이라?
헤에. 만나서 반가워요.
미리 말하는데 연희 앞이 안 보이니까 시력 가지고 장난치면 안 돼.

앞이 안 보인다고?
네. 어릴 때 사고로 다쳐서 일어설 수도 없어요.
크흑…
뭐야? 왜 그래?
장애를 저렇게 해맑은 얼굴로 이야기하다니. 너무 슬퍼. 밥을 먹을 수가 없어.
…에? 일요일인데 오빤 안 온대요?
그러게. 오늘은 안 올 모양이야.
뭐? 무슨 오빠? 우리가 왔잖아.
어휴. 언제부터 너희가 오빠였다고. 그런 애 있어.

척
우리가 세 명이고
너희는 너무 많잖아.

두수는 다쳐서 빠져.
나도 빠지고.
응. 그렇게 3대 3 로테이션.
조건은 지면 서북고연에
다시 참여한다.
그럼 뭐야?
저 돼지랑, 철희,
보성이?
우리가 이기면?
뭘 바라는데?

3천만 원.
좋다. 대신 너희가 지면 첫 회수금은 우리가 가져간다.
병신. 맘대로 해.
내가 다 발라줄 테니까 한 명씩 나와.

와… 허세 쩌네.
비켜봐. 돼지 저거
내가 잡을게.
오… 처음부터
끝판왕끼리?
돼지가 무슨
끝판왕!
파
빡

!
부웅

무식한 스타일!
그저 힘으로만 누르려는 병신.
부웅
빡
부웅

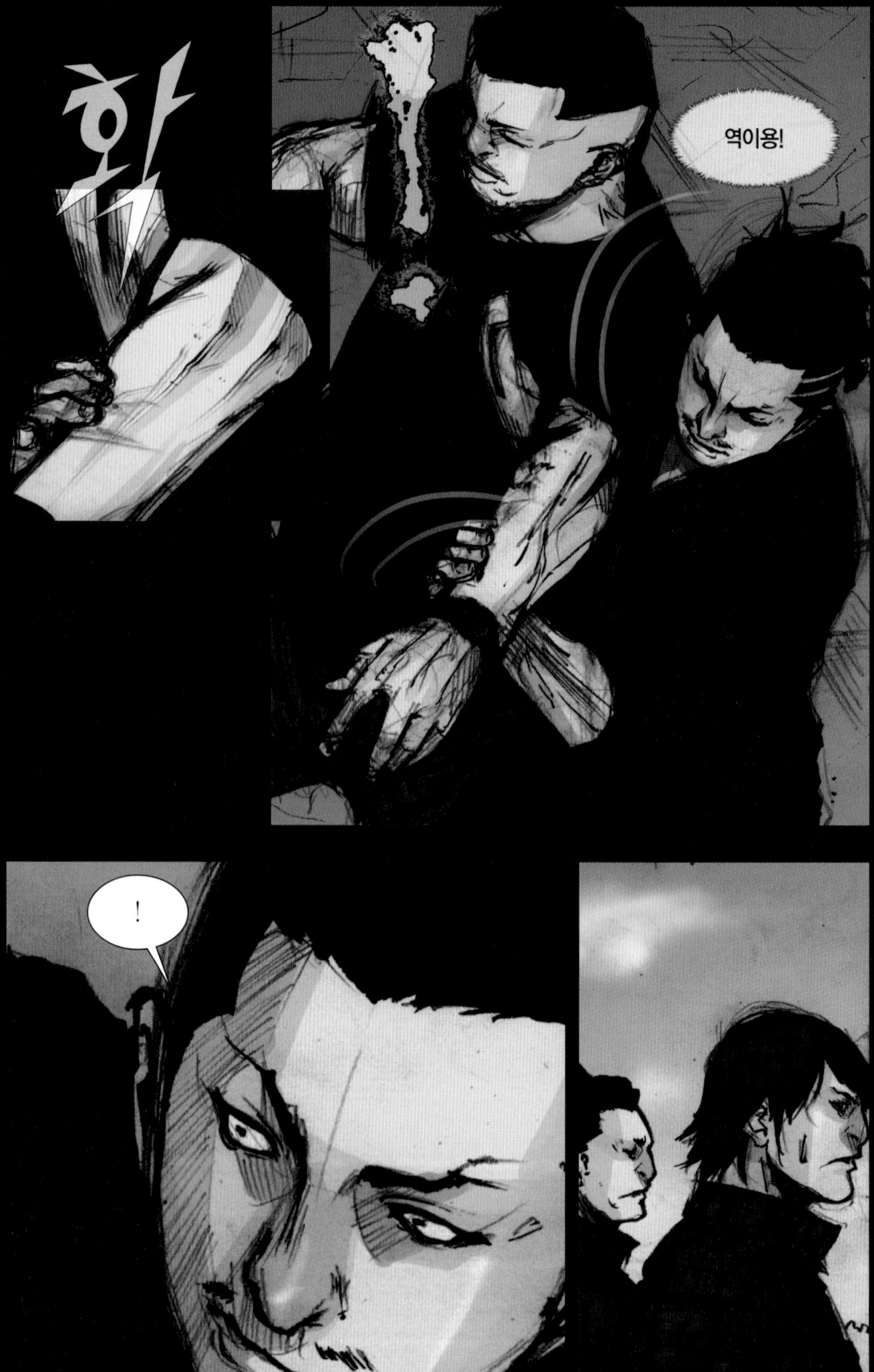
확
역이용!
!

시도는 좋았어.
꾸욱
탁

퍼
억
뭐야? 무슨 몸이 이렇게 단단해?
주먹이 안 들어가.

으랏차!
콰앙
오!
...

!
!
끄아아아악!

콰직
야. 그 실력으로
깝쳤냐?
끄ㅇㅇㅇㅇ...
씨발!
다다다

뭐야? 로테이션인데
왜 두 명이 튀어나와?
상관없어.
2대 1이다.
끼어들지 마.

저 자식 봤지?
나도 눈 있어.
그럼 그걸로 하자.
오케이.
둘이서 뭔 헛소리를
주고받는 거냐?
다다다

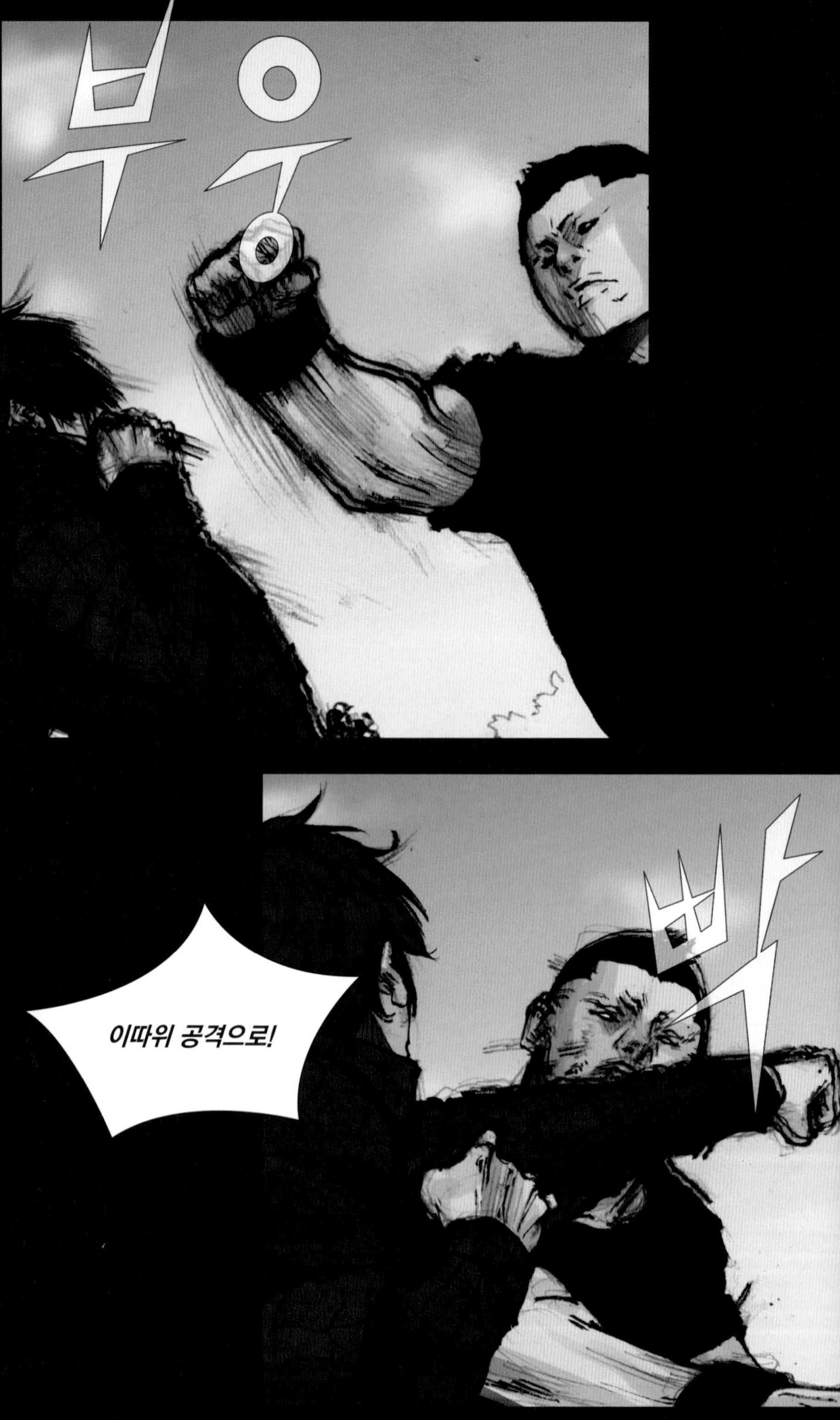
부웅
이따위 공격으로!
빡

이야앗!
부웅
콰직

상상도 못한 정체

......
아부라메 독고!!
혁이다 멍!
저거 벌레도 쓸줄 아냐
믄 방구같은 소리야

잘 노네.
군대는 안 가?
그러게. 봉사한다고 차일피일 미루다 보니. 어때? 너도 보니까 막 봉사하고 싶지?
별로.

봉사를 하면 과거에 내가 저질렀던 악행들이 조금씩 내 몸에서 떨어져 나가는 기분이야.
그리고 그 자리는 저렇게 연희의 웃는 얼굴이 채워주지.
그래? 아까 연희 오빠 있다고 하더니?
친오빠는 아니야.
보육원에서 같이 자란 앤데 어릴 때 입양 가서 잘 살다가 입양한 집에서 친자가 태어나는 바람에 파양되었어.
파양?
응. 양부모한테 버림받고 좀 애가 달라졌다더라. 다시 보육원에 잠깐 왔다가 중2 때 나가서 혼자 계속 살았는데 그래도 연희는 끔찍이 생각해.
좋은 사람인가 봐.
연희 눈 수술시켜주겠다고 약속했대. 아직 시신경이 살아 있거든. 근데 좋은 놈인지는 모르겠다. 돈 마련한다고 나쁜 짓도 하고.

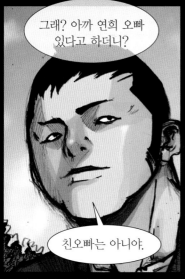

나쁜 짓?
응. 애들 때려서 돈 뺏고
그러다가 퍽치기도 하고.
그러다가 소년원 들어갔다가
나와서 작년에 사고로 사람 한 명
죽이고 그 일로 학교 퇴학당하고
지금은 현덕고에 들어갔다더라.
현덕고?
너도 현덕고랬지?
같은 학교네.
이름이 뭔데?
생긴 거 답지 않게
이름은 이뻐.

백푸른!
비틀
뭐야? 잡히는 거야?
발이 손의 세 배 충격이라더니 설마…

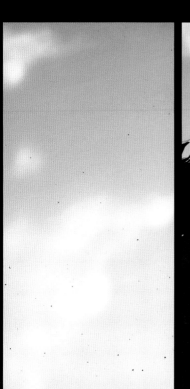

계속 간다!

콰앙

차아악
탁
탁
이번 건 좀 아팠다.
근데 열 받게 했어.
개색!

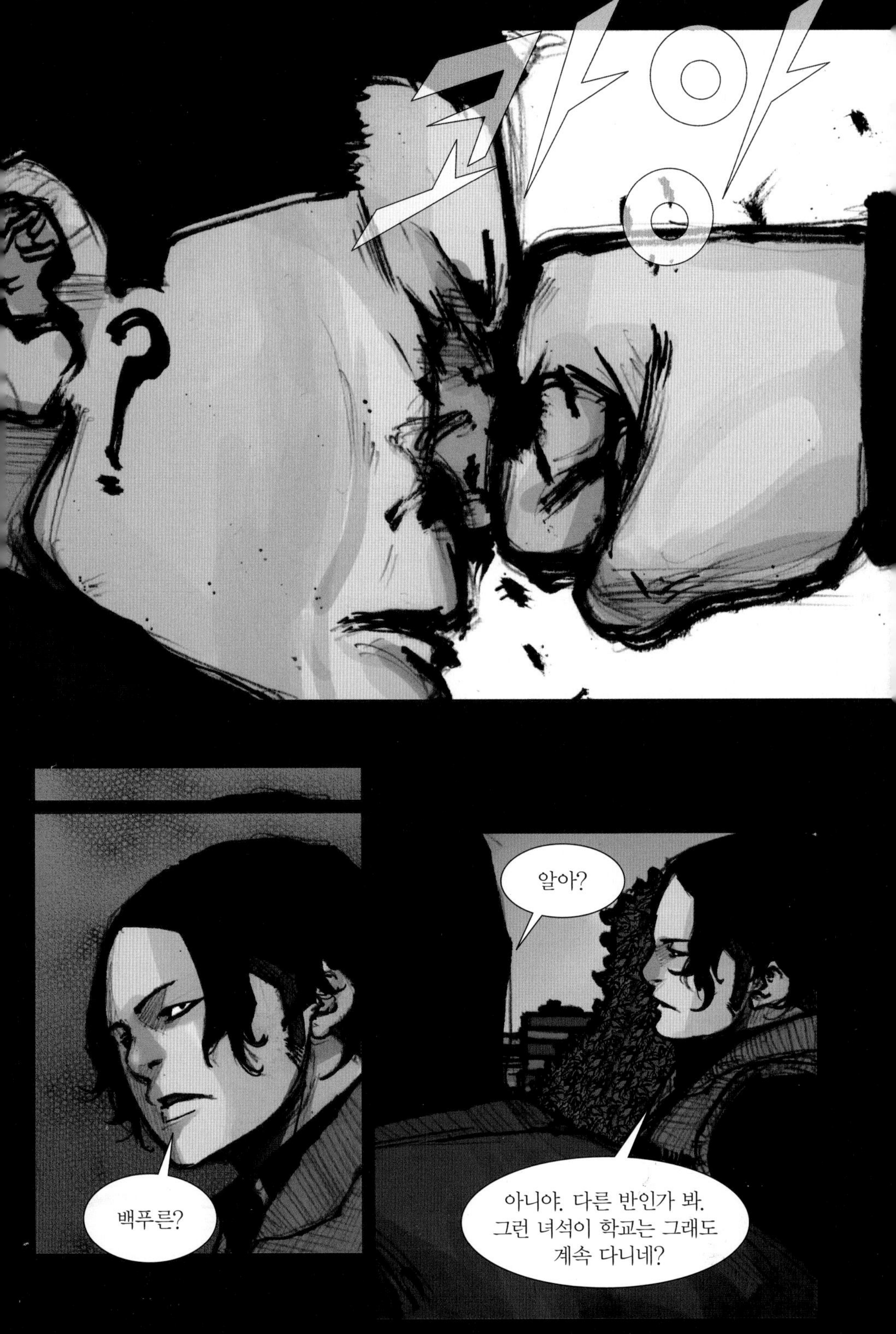
콰앙
백푸른?
알아?
아니야. 다른 반인가 봐.
그런 녀석이 학교는 그래도
계속 다니네?

하도 사고 치고 다니니까
연희가 푸른이한테 사고 치지 말고
학교 열심히 다녀서 제발 고등학교만
졸업하라고 했거든.
걔가 연희 말은 잘 들어.
사고 치지 말고…?
쿨럭!
비틀

콰앙
으라아아아아아아!

됐지?
저거 진짜
인간이 아니야.
뭣 모르고 잡아준다고 했는데
아예 클라스가 다른 놈이었잖아.
젠장. 전학 잘못 왔어.
무슨 동네가 이따위.
역시 푸른이 형님.
전 이길 줄 알았습니다.
그래?
끄…

약속대로 해라.
뭐?
첫 회수금은 우리 거다.
그리고…

처음에 3천 걸었지?
3천 따로 내놔.
미친! 뭐?
왜? 또 덤비게?
...
그리고 너희.

솔직히 오늘 너희가 한 거 없지? 첫 회수금 전부 내가 가진다.
!
불만 있어? 있으면 여기서 다 덤벼.
아이고. 형님. 불만은요? 오늘 형님이 다 하셨는데 당연하죠.
근데 이것들이 표정이 안 좋네.
제가 잘 이야기할게요. 형님은 안심하시고 내려가시죠.
그래. 내가 너한테는 좀 떼줄게.
예. 형님. 감사합니다.
야! 이쪽으로 다들 와봐. 확실히 이야기 좀 해야겠어.

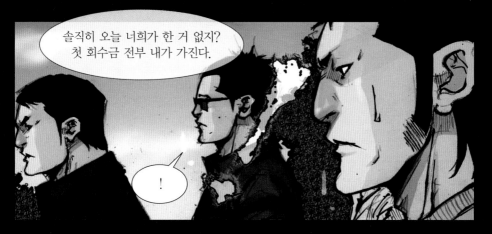

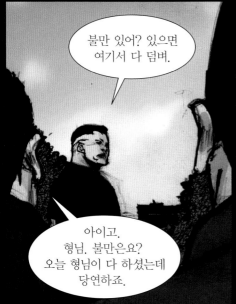

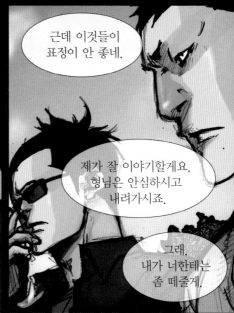

그럼 바빠서 간다.
네가 이야기 잘해.
예. 형님.
내려가세요.
남은 돈 곧 생깁니다.
미꼬 기다려주셔서
고맙습니다.

연희야. 다시
돈모우기 시작했다.
조금만기달리면
각막이식 수술하수 이써.

야. 너무한 거 아냐?
저렇게 큰돈을 어디서 구해?
야. 너희
백푸른 깔래?
다굴 쳐서 잡아버리자.
그런 후에 우리 부하로
만드는 거지.
부하?
머리 나쁘고 힘만 좋으면
결국 남 밑에 있어야지 않겠어?
원래 세상이 머리잖아.
…
할 거야?
말 거야?

다굴 어디서
어떻게 칠 건데?

킥킥. 역시 말이
통할 줄 알았어. 어떻게
하냐면 말이야…

12년 전

이거 엄마가 사줬어.
와아… 완전 새건데. 짱이다.
푸른아. 얼른 들어가자. 밥 먹어야지.
예.
8년 전
집 잘 지킬 수 있지? 갔다 올게.

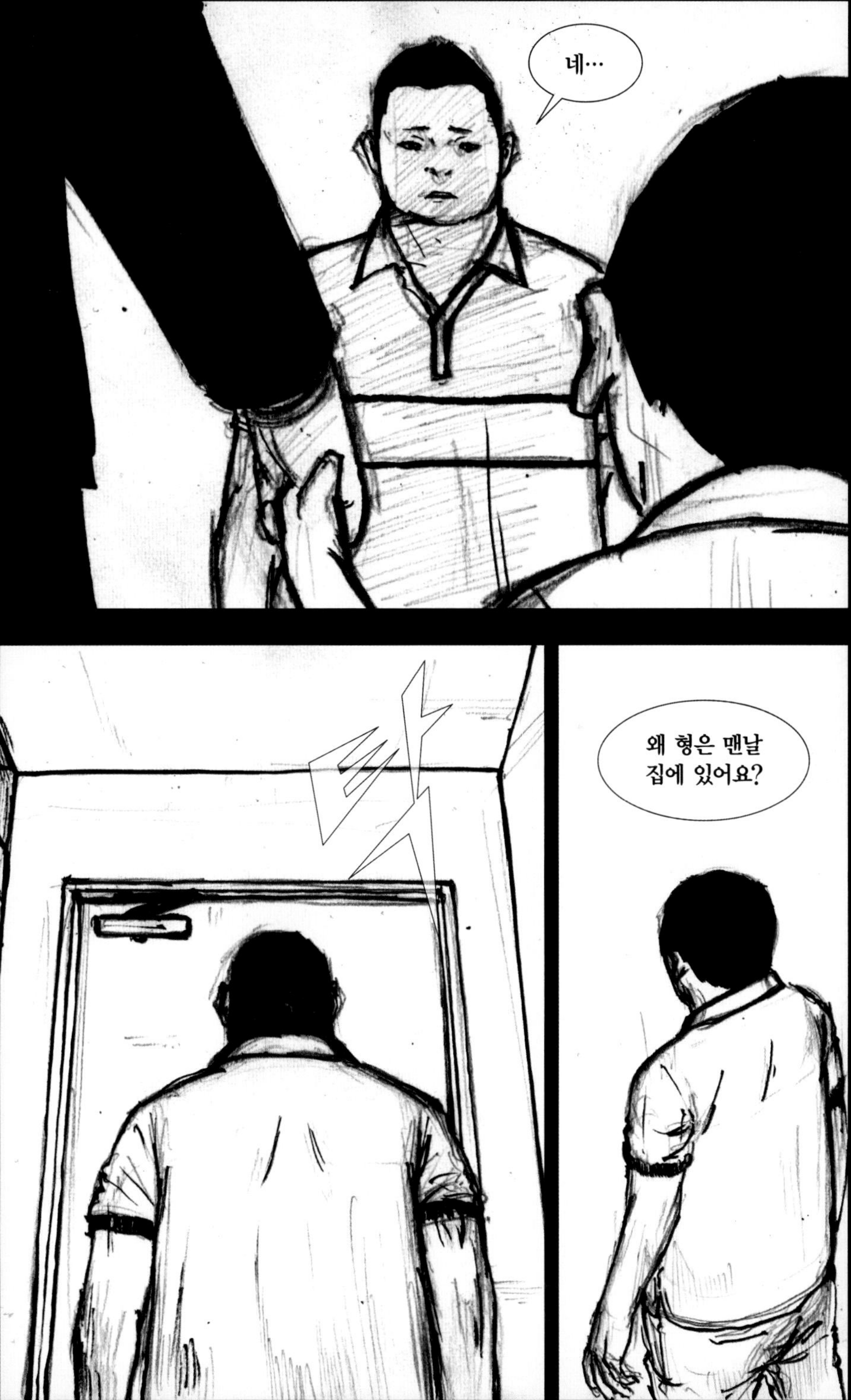
네…
탁
왜 형은 맨날
집에 있어요?

6년 전

끄아아…
야. 졸라 센 건 알겠는데 돼지라서 포스는 없지 않냐?
콰직
콰직
들리겠다. 조용히 해.
난… 노력하면 할수록 더 비참해졌다. 학교에서 짱이 된 이후에도…
콰직

집에서도…
매일 쌈박질만 하고 엄마를 너무 힘들게 하는구나.
죄송합니다.
이제 그만하자. 넌 정말…

쓸모없는 아이니까.

독고2 1

초판 1쇄 인쇄 2019년 6월 27일
초판 1쇄 발행 2019년 7월 15일

지은이 민 백승훈
펴낸이 김문식 최민석
편집 이수민 김현진 박예나 김소정 윤예솔
디자인 손현주
편집디자인 김철
제작 제이오

펴낸곳 (주)해피북스투유
출판등록 2016년 12월 12일 제2016-000343호
주소 서울시 성북구 종암로 63, 4층(종암동)
전화 02)336-1203
팩스 02)336-1209

ISBN 979-11-88200-79-5 (04810)
979-11-88200-78-8 (세트)

- 뒹굴은 (주)해피북스투유의 만화 브랜드입니다.

毒鼓

독고 3

프롤로그

민 글
백승훈 그림

독고 3

프롤로그

민 글
백승훈 그림

딩굴

THE NATURA
하… 죽겠네. 진짜.

부스럭
태윤실업
泰輪
영업주임
- 심 상 윤 -
010-XXXX-8765
sysim@bmail.com

독고3

하아…

이 자식아.
이게 뭐냐?
죄송합니다.

가자. 저거 타라.
멈칫
뭐 해? 타.
예…

부아앙
24시 골목사우나
촤아악
촤아악

308
이거 입어. 인마.

존 생고기
오겹살
삼겹살
목 살
안 드십니까?
먹어. 난 자주 먹어.
(국내산)
예.
어휴… 네가 어쩌다 이렇게 되었냐.
지난 일인데요.
친구들은? 너랑 붙어 다니는 애들 있잖아.
이 꼴로 그놈들 만나서 할 이야기가 뭐 있습니까?
창피해?

혁이도 상태 안 좋고.
걔도 제정신 아닐 거예요.
종일이는 괜히 나 같은 놈
신경 쓸 필요 없고. 그냥 잘
살았으면 좋겠어요.
여자친구는?
뭐 집에 잡혀 들어간 후로는
연락 안 돼요. 된다고 해도
나같은 놈이 뭐…

마음의 준비는 하고 있냐?
한 번 들어가면 못 나온다.
…
먹고살게만 해주십시오.
(주) 태윤실업
태 윤
듬직하게 생겼네.

이름이 뭐라고?
표… 표태진입니다!
잘해보자, 우리.
내가 너 부자로 만들어준다.
감사합니다!
자, 우리 신입도 들어왔는데
환영식해야지, 환영식.

고객님.
도착하였습니다.
아, 죄송해요.
영화가 너무 재미있어서.
어디 있어? 어디 있어?
아직 안 나왔어.

어! 저기!
현써~언아!
Taxi, Bus
Airport Railroad 공항
귀국 대환영
김 현 선
현선아.
오빠!

?
재욱 오빠는?
군대 갔어.
너 온다니까 무슨 수를 써서라도
휴가 받아 나오겠다던데?
올 거야. 분명히.
바로 가도 괜찮겠어?
안 피곤해?
당연하지. 가자.

To Be Continued

“이게 우정을 나눈 친구라는 거다.
친구가 아니면 결코 알 수 없는 그런 거지.”

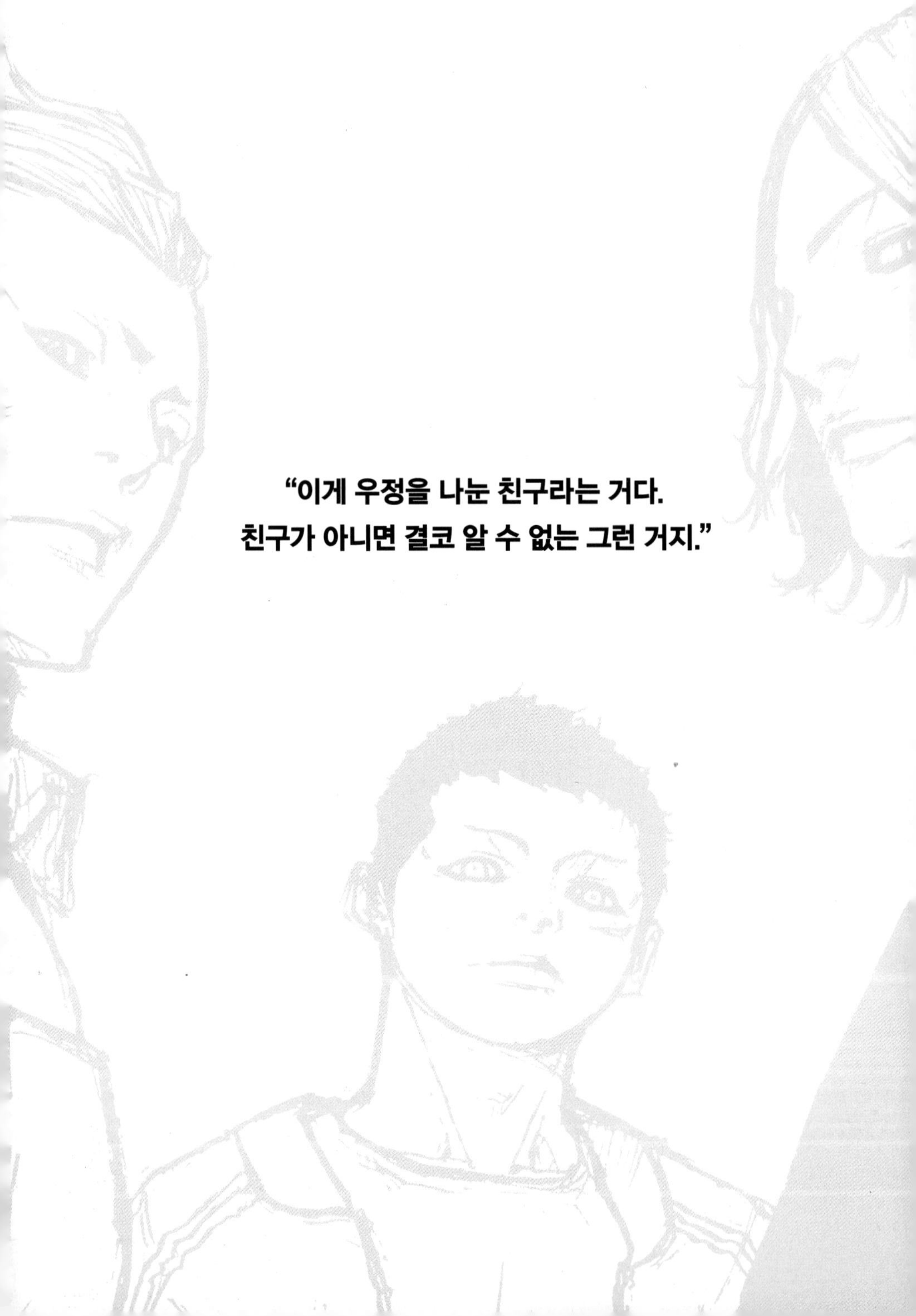